Der Mann mit den tausend Steinen
Wo Bedeutung beginnt

Paul Julius Elitoreck

Der Mann mit den tausend Steinen

Wo Bedeutung beginnt

Bibliografische Information der Deutschen
Nationalbibliothek
Die Deutsche Nationalbibliothek verzeichnet
diese Publikation in der Deutschen
Nationalbibliografie; detaillierte bibliografische
Daten sind im Internet über http://dnb.d-nb.de
abrufbar.

ISBN: **978-3-8192-4749-1**

17,99 Euro

Einleitung

Manchmal geschieht etwas.
Nicht laut. Nicht groß.
Nur: anders.
Etwas tritt in dein Leben, das weder einen Namen
trägt, noch eine Absicht verfolgt. Es ist einfach
da. Und du spürst, dass es Bedeutung hat –
obwohl du noch nicht weißt, welche.
Dieses Buch erzählt die Geschichte eines
Mannes, der beginnt, jeden Morgen neben
einem Stein aufzuwachen. Einem Würfel. Ohne
Herkunft, ohne Erklärung, ohne erkennbares Ziel.
Was folgt, ist kein Abenteuer im klassischen Sinn,
keine Heldenreise, keine Erlösung. Sondern eine
Annäherung. An das, was unter der Oberfläche
liegt. An das, was geschieht, wenn man zuhört,
ohne etwas zu hören. Wenn man handelt, ohne
zu verstehen. Wenn man geht, ohne zu wissen,
wohin.
Es ist die Geschichte einer Welt, die nicht
umgestürzt, sondern **verschoben** wird – durch
einen Menschen, der nichts anderes tut, als da zu
sein. Und zu spüren.
Was dieser Mann verändert, weiß er nicht. Was
bleibt, ist nicht sichtbar. Doch wer diesen Weg
begleitet, wird vielleicht selbst etwas spüren.
Nicht sofort. Vielleicht erst später. Vielleicht gar
nicht.
Aber möglich ist es.
Denn manchmal –
geschieht einfach etwas.

Kapitel 1

Ein Würfel aus nichts

Es war ein Dienstag, und es hätte jeder Dienstag sein können. Die Sorte Dienstag, die in keinem Kalender dick markiert wird. Der Himmel war grau, aber nicht besonders. Der Kaffee zu bitter, aber nicht abscheulich. Die Taube auf dem Fensterbrett saß dort wie immer – regungslos, mit dieser Gleichgültigkeit, die nur Tiere und sehr alte Menschen aufbringen.

Der Mann hieß Jorin. Er war weder berühmt noch besonders hübsch, aber seine Wäsche roch stets nach Lavendel, und er faltete seine Socken so, dass sie wie zwei ruhende Schnecken aufeinander lagen. Wenn Jorin zu Hause war, sprach er nie laut. Manchmal summte er – kurze Melodien, die wie der Rest seines Lebens zu keinem ganzen Lied werden wollten.

Er mochte Dinge, die fest waren. Dinge mit Ecken. Gläser mit dicken Böden. Bücher mit Leineneinband. Die Rundungen des Lebens waren ihm zu unbeständig.

Was Jorin nicht mochte, war Überraschung. Und was am folgenden Morgen geschah, war exakt das.

Als er aufwachte – es war 6:42 Uhr, eine Zeit, die ihm grundsätzlich missfiel – bemerkte er etwas in seinem peripheren Blickfeld. Auf dem Boden, exakt 27 Zentimeter von seinem Nachttisch entfernt, lag ein Würfel.

Er war vollkommen. Ein Körper mit sechs gleichen Seiten. Acht Zentimeter Kantenlänge, wie Jorin später mit einem Maßband überprüfen würde. Er bestand aus einem Stein, den Jorin nicht benennen konnte. Dunkelrot, fast bräunlich. Mit winzigen, hellen Adern, die sich wie verirrte Gedanken durch das Material zogen.

Jorin saß eine Weile nur da. Der Stein sagte nichts. Rührte sich nicht. Aber es fühlte sich an, als sei er nicht allein.

Er nahm den Würfel in die Hand. Schwer. Kühl. Trostreich, irgendwie. Und plötzlich erinnerte er sich an einen Moment in seiner Kindheit, als er bei einem Schulausflug einen kleinen, glatten Kieselstein aus einem Bach gezogen hatte. Auch damals hatte er geglaubt, etwas Besonderes gefunden zu haben – etwas, das nur für ihn da war. Er hatte den Stein drei Jahre lang in einer Schublade aufbewahrt, bevor er ihn verlor. Oder, wie er es lieber sagte: der Stein hatte ihn verlassen.

Vielleicht ein Geschenk. Vielleicht ein Streich. Vielleicht hatte er ihn selbst gestern irgendwo aufgelesen und vergessen. So etwas kam vor. Zumindest anderen.

Er stellte ihn aufs Fensterbrett. Zwischen das Glas mit dem blauen Kiesel vom Ostseestrand und die getrocknete Kaffeebohne, die an eine Schildkröte erinnerte. Das Fensterbrett war eine Art Altar für Dinge, die Jorin nicht einordnen konnte – für Objekte, die ihm zu leise Geschichten zuflüsterten. Jetzt also auch der Würfel.

An diesem Tag schrieb Jorin drei Listen: "Dinge, die sich bewegen" – "Dinge, die fest sind" –

"Dinge, die sich verändern, ohne dass man es merkt". Der Würfel passte in keine.

Er verbrachte den Tag wie sonst auch. Frühstückte langsam, las im selben Buch wie schon seit Wochen, ein verstaubter Roman aus der Stadtbibliothek. Er öffnete es nicht aus Neugier, sondern weil es dazugehört. Nachmittags trank er Fencheltee, obwohl er lieber Kaffee mochte – aber das war ihm zu aufputschend. Er ging um den Block spazieren, begrüßte die Katze, die vor der Apotheke lag, und nickte dem Laternenmast zu, den er aus alter Gewohnheit als "Herrn Knickbein" bezeichnete.

Am nächsten Tag – es war wieder Dienstag, so fühlte es sich zumindest an – lag ein neuer Würfel dort. Diesmal grünlich, mit winzigen metallischen Einschlüssen. Wie der Bauch eines alten Käfers, sagte Jorin später. Oder der Stein eines verwunschenen Gartens.

Nun war es nicht mehr egal.

Jorin blieb an diesem Abend lange wach. Er legte sich nicht ins Bett, sondern saß in seinem Sessel, mit einer Decke über den Knien, wie sein Großvater es getan hätte. Er trank Kamillentee, obwohl er den Geschmack verachtete. Um wach zu bleiben, aß er trockene Haferkekse, die so wenig Freude machten, dass sie nur einen Zweck haben konnten: Nützlichkeit.

Zwischendurch schrieb er in sein Notizbuch. Er gab jedem Würfel einen Namen: "Blutherz" für den ersten, "Moosdämmer" für den zweiten. Er überlegte, ob er sich das alles einbildete, ob vielleicht sein Schlafmedikament schuld sei. Doch er nahm seit drei Jahren keine Tabletten mehr.

Nicht seit dem Tag, als er beschloss, lieber schlecht zu schlafen als künstlich zu träumen. Um 2:17 Uhr nickte er ein.

Als er die Augen öffnete – 6:42 Uhr, wieder – lag der dritte Würfel neben seinem Bett. Hellgrau, beinahe durchsichtig. Wie gefrorener Nebel, in Stein gegossen.

Jorin sagte: „Nein." Laut. Zum ersten Mal seit Wochen ein gesprochenes Wort in seiner Wohnung.

An diesem Tag kaufte er eine kleine Kamera. Sie war billig, unauffällig und roch nach Plastik. Er positionierte sie so, dass sie den Bereich neben seinem Bett im Blick hatte. Er prüfte die Batterie, zweimal. Er richtete das Licht aus. Dann legte er sich schlafen, als wäre nichts.

Am Morgen lag der vierte Würfel da. Schwarz, glänzend, mit einem Loch in der Mitte. Nur ein Hauch von Öffnung, wie ein Atemzug, den man nicht halten konnte.

Jorin prüfte die Kamera.

Das Video begann harmlos: Er selbst im Schlaf, unbeweglich, fast unecht. Die Minuten liefen vorbei wie gelassene Spaziergänger. Kein Schatten. Kein Geräusch. Keine Veränderung. Und dann – ohne Vorwarnung, ohne Übergang – war er da.

Ein Frame leer. Nächster Frame: Würfel.

Jorin spulte zurück. Vor. Zurück. Kein Geräusch. Kein Hauch einer Bewegung. Kein Flimmern, kein Lichtreflex.

Er war einfach da.

Er hielt die Luft an. Und dachte für einen Moment, er könnte rückwärts atmen, so wie dieser Würfel rückwärts erschien. Aus dem Nichts.

Er stand auf, ging ans Fenster und sah hinaus. Die Stadt war noch dieselbe. Die Taube saß auf dem Fensterbrett. Irgendwo bellte ein Hund, der nichts zu sagen hatte. Zwei Menschen gingen unter einem Regenschirm vorbei. Ein Auto hupte zu spät.

Aber in Jorin hatte sich etwas verschoben. Etwas wie ein leiser Ton in einem Raum, den niemand betrat. Ein Gefühl, dass das Leben nicht nur aus Dingen bestand, die man erklären konnte.

Er stellte auch diesen Würfel auf das Fensterbrett. Nun waren es vier. Alle unterschiedlich, aber alle gleich vollkommen. Wie Gedanken, die aus verschiedenen Träumen stammen, aber denselben Ursprung haben.

Er ging in die Küche, schnitt ein Stück Brot ab, bestrich es mit Butter, und legte darauf eine hauchdünne Scheibe Radieschen. Nicht, weil er Appetit hatte. Sondern weil es ihm vorkam, als gehöre das jetzt so.

Und plötzlich fiel ihm auf: Zum ersten Mal seit Jahren freute er sich auf den nächsten Morgen.

Kapitel 2
Die Ordnung der Dinge

Jorin begann zu katalogisieren. Nicht nur die
Würfel. Sondern alles.
Er kaufte sich ein liniertes Notizbuch mit festem
Einband, bordeauxrot, wie der erste Stein. Auf der
ersten Seite schrieb er in Großbuchstaben:
„Ereignisse, die nicht in mein Leben passen."
Dann setzte er sich an den Küchentisch, klappte
den Stiftdeckel auf wie eine Schatulle und
begann.

1. Roter Würfel (vermutlich Jaspis) – gefunden:
   Tag 1 – Gewicht: 386 g – Wirkung: leichte
   Wärme in den Händen.

2. Grüner Würfel (Serpentin?) – gefunden: Tag
   2 – Gewicht: 401 g – Wirkung: Geruch
   nach Metall, vage Erinnerung an Kindheit.

3. Grauer Würfel (Quarz?) – gefunden: Tag 3 –
   Gewicht: 378 g – Wirkung: Kälte, Unruhe.

4. Schwarzer Würfel mit Loch – gefunden: Tag
   4 – Gewicht: nicht messbar (Waage
   blinkte) – Wirkung: Atemnot beim
   längeren Halten.

Er schrieb jeden Abend dazu, was sich verändert
hatte. Ob er anders geträumt hatte. Ob sein Tag
ungewöhnlich verlief. Meist nicht. Aber die Steine
waren da.

Die Nachbarn bemerkten nichts. Der Briefträger grüßte wie immer mit einem stummen Nicken. Im Kiosk kaufte Jorin sein Wasser, wie er es immer tat – drei Flaschen, zwei davon für den Vorrat, eine zum sofortigen Trinken. Niemand sprach ihn an. Niemand fragte nach den Steinen.

Nur einmal, beim Einräumen der Post, sagte die Nachbarin von gegenüber: „Sie sehen heute... wie soll ich sagen... durchlässiger aus."

Jorin lächelte höflich. Dann schloss er die Tür.

Er fragte sich, ob man durchlässiger werden konnte. Und ob das gut war. Vielleicht war es das, was mit ihm passierte.

Am fünften Tag lag der nächste Würfel dort. Blau. Tiefblau. Wie eine Nacht, in der alle Geräusche versinken. Als er ihn berührte, war ihm, als hörte er Stimmen – nicht deutlich, nur wie Erinnerungen an Stimmen.

Er nannte ihn: „Schattenklang".

In seinem Notizbuch schrieb er: „Vielleicht sind die Steine nicht für mich. Vielleicht bin ich für sie."

Er überlegte, ob er sie in eine Reihenfolge bringen sollte. Doch welche Ordnung konnte man wählen, wenn man nicht wusste, was sie bedeuteten?

Also begann er zu zeichnen. Jeden Stein, so exakt wie möglich. Er holte Buntstifte aus einer alten Blechdose, die er zuletzt als Jugendlicher benutzt hatte. Es war das erste Mal seit Jahrzehnten, dass Jorin etwas zeichnete.

Die Linien waren nicht perfekt. Aber er spürte: Das war egal.

Jorin sprach nicht mit anderen über die Steine. Nicht weil er glaubte, sie würden ihm nicht glauben – sondern weil sie ihm zu persönlich erschienen. Wie kleine Botschaften aus einer Welt, die nur dann existierte, wenn man still genug war, um sie zu hören.

An jenem Nachmittag wanderte er durch die Stadt. Es war ein ruhiger Gang, ohne Ziel. Er nahm eine andere Route als gewöhnlich, bog links ab, wo er sonst rechts ging. Die Häuser wirkten fremd, obwohl sie nur zwei Straßen entfernt waren. Ein Kind hüpfte Seil, sang ein Lied ohne Melodie. Ein alter Mann polierte ein Fahrrad, das schon lange nicht mehr fuhr.

Er blieb stehen vor einem Schaufenster. Es war ein Laden für Mineralien und Halbedelsteine, von denen Jorin nie bemerkt hatte, dass er existierte. Im Fenster lagen Trommelsteine, kleine glitzernde Splitter, Kristalle in Kästchen. Auf einem Samtkissen ruhte ein Würfel aus Lapislazuli.

Jorin trat ein. Die Verkäuferin war eine Frau mit weißen Haaren und sehr roten Lippen. Sie sagte nichts. Sie nickte nur.

Er betrachtete den Würfel. Er maß exakt acht Zentimeter.

„Der ist nicht von hier", sagte die Frau plötzlich.

„Wie meinen Sie?"

„Der ist nicht aus diesem Sortiment."

Er ging, ohne etwas zu kaufen.

Am sechsten Morgen erwachte er früher. 5:58 Uhr. Er hatte nicht bewusst den Wecker gestellt, aber seine Augen öffneten sich von selbst. Neben dem Bett lag der sechste Würfel. Weiß. So weiß, dass es schmerzte. Wie Schnee unter Sonne. Wie Kalk. Wie Lärm in Farbe.

Er nannte ihn: „Stille". Und stellte ihn ganz nach rechts auf das Fensterbrett. Die anderen rückten zur Seite, als hätten sie selbst verstanden, dass dieser anders war.

Jorin machte sich einen Tee. Diesmal keinen Kamille, sondern Pfefferminz. Er trank ihn stehend. Sah die Taube an. Die Taube sah zurück. Ein Moment lang glaubte er, sie würde nicken.

Er griff zum Notizbuch. Und schrieb:

„Ich weiß nicht, was morgen kommt. Aber ich bin bereit."

Kapitel 3
Die Stimme im Stein

Der siebte Würfel erschien in der Nacht, in der es draußen regnete, ohne dass Regen gemeldet war. Jorin hatte das Fenster einen Spalt geöffnet, um das Rascheln der Blätter zu hören. Als er am Morgen erwachte, war das Geräusch noch da – aber es schien von innen zu kommen.
Der Würfel lag dort wie die anderen. Diesmal war er aus einem Material, das an dunkles Holz erinnerte, aber viel zu schwer dafür war. Seine Oberfläche war uneben, fast porös. Es fühlte sich an, als würde er atmen. Jorin hielt ihn an sein Ohr. Und dann – ein Flüstern.
Kein Wort, kein Satz. Nur das Gefühl, dass etwas da war. Etwas Altes. Etwas, das ihn erkannte.
Er schrieb:
„Tag 7 – Dunkelwürfel – murmelt in stillen Momenten. Gefühl von Nähe, wie ein vergessener Bruder."
Er verbrachte diesen Tag damit, sich selbst zu beobachten. Wie er ging, wie er sprach – ob er sprach. Er sprach kaum. Er stellte sich vor, wie es wäre, wenn jemand die Würfel sehen könnte. Wenn jemand zu Besuch käme. Doch niemand kam.
Er erinnerte sich an Tilda. Seine einzige langjährige Freundin. Vor fünf Jahren war sie weggezogen. Sie hatte stets gesagt, Jorin sei jemand, der den Dingen zuhörte, nicht den Menschen. Damals hatte er das als Kompliment verstanden. Jetzt fragte er sich, ob es eine Warnung war.

Am Nachmittag stand er lange im Flur. Einfach nur so. Die Tür war offen, und er dachte daran, hinauszugehen. Sich in ein Café zu setzen, mit Menschen zu sprechen. Aber stattdessen ging er in die Küche, machte sich eine Suppe und stellte eine neue Liste auf:

„Menschen, die mir fehlen, obwohl ich sie nie kannte."

Es wurden acht Namen. Er kannte keinen davon. Aber beim Schreiben hatte er bei jedem einen kleinen Stich im Herzen gespürt.

In der Nacht darauf träumte er von einem Raum voller Steine. Sie lagen auf Regalbrettern, in Schubladen, unter Tischen. Ein Kind lief durch den Raum, sammelte sie ein und legte sie in ein altes Schulmäppchen. Das Kind sah ihn an. Es hatte seine Augen.

Der achte Würfel war am nächsten Morgen aus Glas. Oder zumindest etwas, das wie Glas aussah. Er war durchsichtig, aber das Licht brach sich in ihm, als wären darin kleine Blitze gefangen. Als Jorin ihn hob, sah er kurz seinen eigenen Zeigefinger doppelt.

Er stellte ihn neben „Stille". Der neue hieß:

„Splitterschimmer"

Langsam wurde das Fensterbrett zu klein. Jorin begann, in seinem Kopf eine neue Ordnung zu entwerfen. Eine Aufstellung nach Farbe? Nach Gewicht? Nach Gefühl?

Er suchte im Internet nach Mineralien mit besonderen Eigenschaften. Er las über Schwingungen, über Heilkristalle, über Menschen, die behaupteten, mit Steinen sprechen zu können. Früher hätte er gelacht. Jetzt las er still

und notierte sich Begriffe wie:
„Lichtcode", „Speicherstein", „Kanalbindung"
Ein Artikel erwähnte das Wort **„Steinsprache"**. Es
gab keine Erklärung dazu. Nur dieses Wort. Es ließ
ihn nicht los.

Jorin begann, mit den Würfeln zu sprechen.
Zunächst schüchtern, wie ein Kind. Dann
deutlicher. Er stellte Fragen.

**„Wer seid ihr?" – „Warum ich?" – „Was wollt ihr
sagen?"**

Keine Antwort kam zurück. Aber manchmal
schien der Raum sich zu verändern, wenn er
sprach. Die Luft wurde dichter, wie vor einem
Gewitter. Der Raum schien zuzuhören.

Am neunten Tag, kurz vor Sonnenaufgang,
träumte Jorin nicht. Es war ein klarer, tiefer Schlaf.
Als er aufwachte, war er ausgeruht. Zum ersten
Mal seit Jahren.

Der neunte Würfel war goldfarben. Nicht
glänzend, sondern matt, wie altes Messing. Als
Jorin ihn hob, summte es in seinem rechten Ohr.
Nicht unangenehm. Eher wie ein entferntes Lied.
Er schrieb:

„Tag 9 – Summstein – klingt wie Erinnerung."
Und dann, ganz unten auf der Seite:

„Ich glaube, ich beginne zu verschwinden."
Er betrachtete seine Hände lange. Nicht weil sie
fremd wirkten – sondern weil sie sich so
selbstverständlich anfühlten. Zu
selbstverständlich. Er fuhr mit den Fingerspitzen
über die Oberfläche der Würfel, als wolle er sich
vergewissern, dass er noch da war. Die Kühle des
Gesteins beruhigte ihn.

Gegen Mittag zog er seinen alten Mantel an, den mit dem gestopften Innenfutter, und verließ das Haus. Er wollte irgendwo hin, wo ihn keiner kannte. Ein Park. Ein leerer Friedhof. Oder einfach ein Ort, an dem man sitzen konnte, ohne sich erklären zu müssen.

Er landete in einem kleinen botanischen Garten am Rande der Stadt. Es war Herbst, und die Wege waren von nassem Laub bedeckt. Jorin setzte sich auf eine Bank und beobachtete, wie ein Tropfen am Ende eines Astes zitterte.

Eine ältere Frau mit einem Hund setzte sich neben ihn. Sie sagte nichts. Der Hund sah Jorin kurz an, dann legte er sich hin. Nach einer Weile fragte sie:

„Haben Sie etwas verloren?"

Jorin überlegte. Dann sagte er:

„Vielleicht. Oder ich habe etwas gefunden, das nicht mir gehört."

Die Frau nickte. Sie stand auf, ohne ein weiteres Wort. Nur der Hund schaute noch einmal zurück.

Zurück in seiner Wohnung ging Jorin direkt zum Fensterbrett. Neun Würfel. Neun kleine Körper mit schweigendem Wissen. Er nahm „Splitterschimmer" in die Hand und hielt ihn gegen das Licht. Für einen Moment glaubte er, darin etwas zu sehen: nicht sein Spiegelbild, sondern etwas wie eine Landschaft. Felsen. Ein Tal. Nebel.

Er setzte sich an den Tisch. Er begann zu zeichnen. Nicht den Würfel, sondern das, was er gesehen hatte. Und es war, als wüssten seine Hände genau, wie es aussehen sollte.

Als er fertig war, war es Abend geworden.
Er schrieb unter die Zeichnung:
„Tag 9 – Blick in eine andere Ordnung."

Kapitel 4
Die Linie zwischen den Dingen

Am zehnten Tag erwachte Jorin mit einem einzigen Gedanken:
Etwas wird heute anders sein.
Nicht spektakulär. Keine Trommel. Keine Erscheinung. Aber etwas hatte sich verschoben, bevor er die Augen geöffnet hatte. Es war, als hätte die Nacht ihm einen Satz zugeflüstert, den er nicht behalten konnte.
Der neue Würfel war… schwierig.
Er war farblos. Nicht durchsichtig, nicht milchig, nicht grau. Einfach: nichts. Man konnte ihn sehen, aber nur, wenn man nicht direkt hinsah. Er war da – und zugleich nicht.
Jorin nannte ihn: „**Zwischen**".
Er legte ihn vorsichtig neben „Splitterschimmer" und betrachtete die beiden gemeinsam. Sie wirkten wie Brüder – einer aus Licht, der andere aus dessen Abwesenheit.
Er kochte sich Hafergrütze, die er mit einem Löffel in exakt zehn gleich große Portionen teilte.
Während er kaute, schaute er die Würfel an und sagte leise:
„Ich bin nicht allein. Ich weiß nur noch nicht, mit wem."
Seine Stimme klang fremd in der Wohnung. Er hatte lange nicht gesprochen, nicht so klar, nicht so… anwesend.
Am Nachmittag ging er in die Stadt. Nicht, weil er etwas brauchte – sondern weil er spüren wollte, ob die Welt sich anders anfühlte. Er nahm keine Tasche mit, keinen Mantel, nur einen Zettel in

seiner Jackentasche: „Wenn ich verschwinde, sagt niemandem Bescheid."

Er ging zu Fuß. Sah einen Jungen mit einem Schmetterlingsnetz. Ein altes Paar mit identischen Gummistiefeln. Eine Verkäuferin, die beim Telefonieren einen Luftkuss in die Auslage schickte.

Jorin lächelte.

Die Menschen waren seltsam schön, wenn man sie ansah, ohne etwas von ihnen zu wollen.

Vor einem Antiquariat blieb er stehen. Im Schaufenster lag ein Buch mit dem Titel **„Was bleibt, wenn nichts bleibt"**. Er betrat den Laden, ohne zu zögern.

Drinnen roch es nach altem Papier, Möbelpolitur und einem Hauch von Kamin. Ein kleiner Mann mit Nickelbrille sah ihn an, als hätte er gewusst, dass er kommt.

„Sie haben das Buch gesehen?", fragte der Mann.

Jorin nickte.

„Dann nehmen Sie es. Es gehört Ihnen."

Jorin fragte nicht, was es koste. Er nahm das Buch entgegen, als wäre es ihm zugedacht worden.

Zuhause legte er es ungelesen auf den Tisch. Erst wollte er den neuen Würfel dokumentieren. Als er ihn in die Hand nahm, schien es ihm, als habe der Stein eine Temperatur von null. Nicht kalt. Nicht warm. Einfach: außerhalb von Temperatur.

Er schrieb:

„Tag 10 – Zwischen – fühlt sich an wie der Moment zwischen zwei Atemzügen."

Dann öffnete er das Buch. Auf der Innenseite stand eine Widmung:

„Für den, der sucht, ohne zu wissen wonach."

Die Seiten waren leer. Bis auf eine: ganz hinten, fast übersehen, war ein einzelner Satz gedruckt:

„Die Ordnung ist nicht in den Dingen. Sie ist zwischen ihnen."

Jorin legte das Buch neben die Würfel. Er begann zu verstehen, dass nicht die Steine selbst die Antwort waren – sondern ihr Verhältnis zueinander. Vielleicht war das, was er suchte, keine Sammlung, sondern ein Muster.

In dieser Nacht träumte er nicht. Aber als er aufwachte, war seine Hand ausgestreckt – als hätte sie im Schlaf nach etwas gegriffen.

Der elfte Würfel war rot. Nicht wie der erste – nicht erdig, nicht jaspisartig. Dieser war klar. Rubinfarben, tief und durchleuchtet. Als er ihn berührte, spürte Jorin einen Stich hinter dem linken Auge. Ein Bild schoss ihm durch den Kopf:

Eine offene Wunde. Kein Schmerz. Nur Offenheit.

Er nannte ihn: **„Herzstein"**

Er trug ihn in die Küche, stellte ihn auf den Tisch und trank still ein Glas Wasser. Er dachte an seine Mutter, an ihre Hände, wenn sie den Kragen seines Hemdes richtete. Sie war seit Jahren tot. Aber an diesem Morgen war sie da. Ganz leise. Wie eine Ahnung im Nacken.

Er schrieb:

„Tag 11 – Herzstein – Erinnerungen, die nicht weh tun, aber auch nicht gehen."

Dann stand er auf, nahm Papier und zeichnete eine Linie. Gerade, schwarz, durch das Blatt. Neben jeden Würfel schrieb er ein Wort. Nicht als

Erklärung – sondern als Versuch, eine Sprache zu finden:

- Jaspis – Ursprung
- Serpentin – Rückzug
- Quarz – Klarheit
- Lochstein – Frage
- Blauer – Tiefe
- Weißer – Leere
- Dunkler – Nähe
- Splitter – Riss
- Summstein – Echo
- Zwischen – Schwelle
- Herzstein – Öffnung

Er wusste, es war erst der Anfang.

Den Tag verbrachte er damit, zu beobachten. Nicht sich selbst – sondern die Luft. Die Winkel im Raum. Die Schatten der Dinge. Er glaubte, ein kaum sichtbares Zittern zu erkennen, das durch alles ging.

Am Abend saß er im Bad auf dem geschlossenen Toilettendeckel, das Licht war aus. Nur der Würfel „Zwischen" leuchtete schwach im Dunkeln – nicht wie ein Licht, sondern wie ein leiser Ruf. Jorin schloss die Augen und atmete langsam.

Er sprach:

„Ich bin bereit. Ich bin nicht sicher, aber ich bin bereit."

Der Raum antwortete nicht. Aber etwas in ihm veränderte sich – nicht dramatisch, nicht endgültig. Aber spürbar. Wie ein Blatt, das im Wasser treibt und kurz die Richtung ändert.

Zum ersten Mal seit Jahren fühlte sich Jorin nicht mehr verloren. Er fühlte sich:

aufgehoben.

Kapitel 5
Die drei Stufen

Am zwölften Tag regnete es in dünnen Linien.
Kein Prasseln, kein Tropfen. Nur ein gleichmäßiges
Ziehen durch die Luft, als würde jemand Fäden
aus der Welt lösen.
Jorin stand früh auf. Zu früh. Der Wecker zeigte
4:48 Uhr, obwohl er keinen gestellt hatte. Er lag
nicht wach, er stand einfach auf – als hätte eine
Hand ihn aufgerichtet. Die Würfel standen still auf
dem Fensterbrett, nebeneinander, wie kleine
Zeugen einer unsichtbaren Ordnung.
Der zwölfte war anders.
Er lag nicht am Boden. Er schwebte. Zwei
Zentimeter über dem Holzparkett, direkt neben
dem Bett, als hätte ihn die Nacht vergessen
abzulegen. Er drehte sich langsam um die eigene
Achse, so gleichmäßig wie eine Uhr ohne Zeiger.
Jorin erschrak nicht. Er trat nicht zurück. Er kniete
sich hin und betrachtete ihn. Der Stein war gelb –
nicht leuchtend, sondern staubig, wie
geschliffene Kreide. Seine Oberfläche war
geriffelt, wie von Wind gezeichnet. Es war der
erste Würfel, der nicht vollkommen glatt war.
Er berührte ihn nicht. Nicht sofort. Stattdessen
ging er ins Badezimmer, wusch sich das Gesicht,
machte sich einen Tee und kam zurück. Der
Würfel schwebte noch immer.
Dann griff er zu. Seine Finger glitten durch ihn
hindurch. Nichts. Kein Gewicht. Kein Kontakt.
Aber etwas blieb an ihm haften – ein Geruch? Ein
Gedanke?

Er schrieb:

„Tag 12 – Treppenwürfel – nicht berührbar, aber begreifbar. Er sagt: Steige."

Den ganzen Vormittag verbrachte er im Flur. Er ging ihn auf und ab. Zählte die Dielenbretter. Stellte sich auf die Zehenspitzen, dann auf die Fersen. Bewegte sich langsam, als würde ihn jemand beobachten, der lernen wollte, wie Bewegung funktioniert.

Er legte sich ein Kissen auf den Boden und versuchte, über den Klang seiner Schritte etwas zu lernen. Manche Bretter quietschten. Andere gaben nach. Wieder andere waren stumm.

Am Mittag legte er alle elf bisherigen Würfel in eine lange Reihe und ließ dazwischen immer exakt eine Handbreit Abstand. Er stellte sich vor, die Lücken seien ebenso bedeutend wie die Steine selbst.

In einem alten Karton fand er eine vergilbte Einladung zu einer Hochzeit, zu der er nie gegangen war. Stattdessen hatte er damals einen Spaziergang gemacht und dabei einen Vogel gesehen, der rückwärts flog. Oder vielleicht hatte er das nur geträumt. In diesem Moment war es egal. Alles war gleichwertig geworden – Erinnerung, Wirklichkeit, Vorstellung.

Am Nachmittag verließ er das Haus. Diesmal ging er nicht ziellos. Etwas zog ihn. Seine Beine wussten es zuerst.

Er lief bis zu einem Viertel der Stadt, das er kaum kannte. Ein Hang, an dessen Ende eine alte Kirche stand. Davor: ein steinerner Platz, leer bis auf drei niedrige Stufen, die zu nichts führten.

Er setzte sich auf die mittlere. Der Stein war kühl, aber trocken. Eine alte Frau mit Einkaufstasche ging vorbei, blieb kurz stehen, nickte – und ging weiter. Ein Hund bellte irgendwo, dann war wieder Stille.

Jorin schloss die Augen.

Er hörte drei Töne. Nicht klar. Eher wie das Echo von etwas, das nie laut war. Eine Art Ruf. Kein Ruf nach ihm – ein Ruf in ihm.

Er öffnete die Augen. Neben ihm lag ein Kieselstein. Kein Würfel. Kein Glanz. Nur ein gewöhnlicher, ovaler Stein. Er nahm ihn mit. Zuhause angekommen, legte er ihn nicht zu den anderen. Er legte ihn auf die Küchenablage.

„Du gehörst nicht zu ihnen. Aber du hast sie mir angekündigt."

Er schrieb ins Notizbuch:

„Tag 12 – Bewegung. Nicht der Stein, sondern ich bin heute das Material."

Am Abend bereitete er sich einen Teller Linsen zu. Keine Musik, kein Licht, nur Kerzenschein. Er aß langsam. Kaute wie jemand, der neu lernen muss, wie man Nahrung in Wärme verwandelt. Er stellte sich vor, wie es wäre, wenn jeder Stein ein Teil eines Körpers wäre. Ein Organ. Ein Zahn. Ein Wirbel. Und er selbst – die Hülle dazwischen. Vielleicht war sein Leben die Verbindung zwischen diesen stummen Dingen.

Er träumte in dieser Nacht zum ersten Mal von einer Stimme.

Sie sagte: **„Du bist der Raum. Wir sind die Form."**

Der dreizehnte Würfel war schwer. Sehr schwer. Dunkelviolett, fast schwarz. Als hätte man einen Planeten zu klein geraten lassen. Seine

Oberfläche war unregelmäßig, mit winzigen Vertiefungen wie Einschläge. Jorin konnte ihn kaum heben.

Er legte ihn auf den Boden, genau in die Mitte des Raumes. Dort blieb er.

Er vibrierte nicht. Aber Jorin hatte das Gefühl, dass er schrie – ohne Laut, ohne Bewegung.

Er nannte ihn: **„Druckstein"**

Er setzte sich in eine Ecke des Raumes, sah ihn an. Und sagte leise:

„Ich werde dich nicht verstehen. Aber ich werde dich tragen."

Dann ging er zu seinem Notizbuch. Er zeichnete drei Linien, parallel. Schrieb darüber:

„Stille – Struktur – Schmerz"

Dann darunter:

„Ich bin die vierte Linie."

Er dachte an die Möglichkeit, dass es Menschen gab, die ebenfalls solche Steine fanden.

Vielleicht auf andere Weise. Vielleicht war jemand da draußen, der statt Würfeln Lichter empfing. Oder Stimmen. Oder Gerüche. Und alle zeichneten ihre Linien. Alle bildeten gemeinsam eine Sprache, die keiner allein aussprechen konnte.

Jorin lächelte. Zum ersten Mal breit, offen, fast kindlich. Er legte sich hin. Nicht ins Bett – auf den Boden. Neben „Druckstein". Er streckte sich aus wie jemand, der sich dem Maßstab einer anderen Welt angleichen will.

Kapitel 6
Das Fremde im Eigenen

Am vierzehnten Tag wachte Jorin nicht auf.
Er stand einfach auf. Als wäre das, was er tat,
nicht Schlaf gewesen, sondern bloß eine andere
Form von Warten.
Draußen war es dunkel, aber nicht Nacht. Es war
die Art von Dunkel, die entsteht, wenn der
Morgen sich schämt, zu früh zu sein.
Der neue Würfel war da. Und doch nicht.
Er stand nicht am Boden. Nicht auf dem
Fensterbrett. Nicht auf dem Tisch.
Er war auf Jorins Brust.
Mitten auf seinem Brustbein, exakt zwischen den
Schlüsselbeinen, lag ein Würfel. Klein wie die
anderen. Schwarz mit einem violetten Schimmer,
der nur unter Bewegung zu sehen war. Und er
war warm. Nicht heiß. Aber lebendig.
Jorin bewegte sich nicht. Er atmete flach, als
wolle er ihn nicht stören.
Dann setzte er sich langsam auf und der Würfel
fiel – geräuschlos – in seinen Schoß.
Er hob ihn vorsichtig an und sagte, fast flüsternd:
„Du warst heute Nacht in mir."
Er nannte ihn: **„Innenstein"**
Er stellte ihn nicht zu den anderen. Nicht sofort.
Stattdessen trug er ihn durch die Wohnung. In der
linken Hand. Als würde er einen verletzten Vogel
halten.
Beim Zähneputzen legte er ihn in das
Seifenschälchen. Als er duschte, stellte er ihn auf
den Badewannenrand. Er sprach nicht. Aber er
dachte:

„Wenn du schon in mir warst, darfst du jetzt auch bei mir sein."

Nach dem Frühstück – Jorin aß heute Honigbrot und getrocknete Aprikosen, ungewöhnlich süß für ihn – stellte er den Innenstein auf das oberste Regal im Wohnzimmer. Ganz allein.

Er wirkte dort wie ein Wächter.

Im Notizbuch schrieb er:

„Tag 14 – Innenstein – fremd und dennoch mir ähnlich. Lag auf meiner Brust wie eine Erinnerung, die den Weg nach draußen sucht."

Den restlichen Vormittag verbrachte Jorin in einem alten Fotoalbum. Nicht, weil er sentimental war. Sondern weil er suchte. Und zwar nach einem Gesicht, das er nicht kannte, aber zu erkennen glaubte.

Auf einem vergilbten Bild sah er sich selbst – oder jemand, der so aussah wie er, nur jünger. Ein Junge mit Steinen in der Hand. Es war seine Kommunion. Auf dem Tisch lagen Geschenke: Bücher, Geld, ein eingerahmtes Zitat. Und ein Würfel. Nicht aus Plastik. Nicht bunt. Sondern aus grünem Stein.

Er starrte lange auf das Foto. Dann klebte er es aus dem Album heraus und legte es zwischen die Seiten des Buches aus dem Antiquariat.

„Für den, der sucht, ohne zu wissen, wonach."

Der Satz bekam plötzlich eine neue Bedeutung.

Am Nachmittag rief zum ersten Mal seit Wochen jemand an.

Jorin ließ es klingeln. Dann hob er ab.

Es war Tilda.

Sie sagte nichts. Nur ein Atemgeräusch.

Er sagte auch nichts.

Dann sagte sie:

„Ich weiß nicht warum, aber ich hab an dich gedacht. Die letzten Tage immer wieder."

Er sagte:

„Vielleicht, weil ich verschwinde."

Pause.

„Oder weil ich auftauche", fügte er hinzu.

Sie lachte leise. „Du klingst anders."

Er nickte, obwohl sie es nicht sehen konnte.

„Vielleicht bin ich anders."

Sie sprachen zehn Minuten. Über nichts. Über das Wetter. Über Tee. Über das Gefühl, als würde man rückwärts in sich hineinfallen.

Als sie auflegte, sah Jorin den Innenstein an.

„Warst du das?"

Er begann, die Steine umzuräumen. Nicht nur auf dem Fensterbrett – sondern in seinem Kopf. Er versuchte, sie nicht mehr chronologisch zu sehen, sondern topologisch. Nach Gefühl. Nach Nähe. Nach Sog.

Er legte sich eine Karte an. Kein Plan. Mehr ein Klangbild. Wo jeder Würfel ein Ton war, eine Resonanz. Und sein Körper: das Instrument.

Am Abend – es war noch hell, aber das Licht wirkte wie aus zweiter Hand – stellte er einen Teller mit Wasser auf den Boden und ließ den Innenstein hinein. Er sank nicht. Er schwebte. Wieder. Ganz leicht, eine Berührung über dem Wasser.

Jorin setzte sich davor und betrachtete ihn.

„Du bist nicht aus dieser Welt."

Dann, nach einer Pause:

„Aber vielleicht bin ich es auch nicht."

In der Nacht träumte er von einer Landschaft aus
Kanten. Nicht gefährlich. Nur eindeutig. Klare
Linien. Und Würfel, die aus dem Boden wuchsen.
Und in der Mitte: eine Silhouette. Kein Gesicht.
Nur Umrisse. Sie sprach nicht. Aber sie veränderte
ihn, indem sie einfach dastand.
Am fünfzehnten Morgen war der neue Würfel da,
noch bevor Jorin die Augen öffnete.
Er hatte ihn im Traum gesehen.
Er war milchig. Weiß mit einem Schleier von Blau.
Und er roch nach Schnee. Nicht kalt. Nicht
feucht. Nur: Schnee.
Er lag in seinem Schuh. Der rechte. Der, den er
seit drei Wochen nicht getragen hatte.
Jorin lachte.
Nicht laut. Aber echt.
„Du wirst frecher", sagte er.
Er nannte ihn: **„Spurstein"**
Er legte ihn zu den anderen. Dann zeichnete eine
Linie. Diesmal keine waagerechte. Sondern eine
Spirale.
Jorin schrieb:
**„Tag 15 – Spurstein – kam, wo ich ihn nie gesucht
hätte. Vielleicht wollen sie, dass ich gehe. Oder
dass ich bleibe. Aber auf andere Weise."**
Er machte sich einen Kaffee. Setzte sich. Und
sprach laut:
„Ich bin bereit für die nächste Phase."

Kapitel 7
Der Raum dazwischen

Am sechzehnten Tag öffnete Jorin die Fenster.
Alle.
Nicht aus Frischebedürfnis. Nicht wegen des
Wetters. Sondern weil der Gedanke, die Luft solle
durch ihn hindurchgehen dürfen, stärker war als
der Drang, sie zu kontrollieren.
Der Morgen roch nach feuchtem Metall. Nicht
unangenehm. Eher nach etwas, das an Tiefe
erinnerte.
Der neue Würfel war da – diesmal auf dem
Küchentisch. Direkt neben seinem leeren Teller.
Jorin wusste sofort, dass er ihn nicht selbst dorthin
gelegt hatte. Und dass es auch niemand anderes
war.
Er war silbern. Nicht glänzend. Matt wie Zinn. Und
auf seiner Oberfläche waren winzige Punkte. Kein
Muster. Und doch fühlte es sich an, als wolle man
es lesen.
Er nahm ihn in die Hand und sagte ohne zu
überlegen:
„Du weißt mehr über mich, als ich selbst."
Er nannte ihn: „Wächter"
Statt ihn zum Fensterbrett zu bringen, stellte er ihn
auf sein Notizbuch. Heute wollte er nicht
schreiben. Nur sehen. Und horchen.
Er verbrachte den Vormittag auf einem Stuhl in
der Küche, den Blick auf die Stelle gerichtet, an
der der neue Würfel stand. Das Licht veränderte
sich. Es wanderte. Und in bestimmten Momenten
glaubte Jorin, dass die Punkte auf dem Würfel

anders waren. Als hätte sich die Anordnung verschoben.

Er stellte seine alte Kamera auf und machte alle zwei Minuten ein Foto. Später, beim Durchsehen, stellte er fest: Die Punkte hatten sich tatsächlich bewegt. Ganz leicht. Unmerklich im Einzelbild. Aber im Ablauf ergab sich ein Tanz.

Er schrieb doch:

„Tag 16 – Wächter – bewegt sich im Stillstand. Wie ich."

Dann stand er auf, zog sich an, nahm keine Tasche, keine Uhr, aber zum ersten Mal wieder den rechten Schuh – den, in dem am Vortag der Spurstein gelegen hatte.

Er verließ das Haus, ohne zu wissen wohin.

Und kam an einem alten Parkplatz vorbei, auf dem sich früher ein Spielplatz befand. Jetzt wuchs Gras durch den Asphalt. Ein Karussell stand noch da – verrostet, aber vollständig.

Jorin setzte sich hinein und stieß sich langsam an. Es drehte sich. Langsam. Kreisend. Wie ein Uhrzeiger ohne Eile.

Nach drei Umdrehungen fiel ihm auf: Auf dem Rand des Karussells war ein kleiner Kreis aus Staub gezeichnet. In der Mitte ein Symbol. Ein Punkt. Und fünf Striche, wie Finger.

Er legte seine Hand darüber. Sie passte exakt. Kein Zweifel.

Es war seine Hand.

Oder ein Abdruck von ihr.

Von wann?

Er stand auf und ging zurück.

Zuhause stellte er fest, dass „Wächter" verschwunden war.

Panik kam keine auf. Nur ein stilles Bedauern –
wie bei einem Vogel, der weggeflogen ist, bevor
man sich verabschieden konnte.
Er suchte nicht. Stattdessen stellte er alle anderen
Würfel neu an. Diesmal auf den Boden. Einen
großen Kreis. Und setzte sich in die Mitte. Wie ein
Mönch, der betet – aber in alle Richtungen
zugleich.
In der Mitte schrieb er mit Kreide auf das Parkett:
„Ich höre euch. Ich will lernen."
Dann legte er sich auf den Rücken. Und atmete.
Langsam. Leise. Tief.
Er schlief nicht ein. Aber er fiel – für einen Moment
– aus der Zeit.
Als er die Augen öffnete, war es dunkel. Die
Würfel standen noch immer. Aber in der Mitte lag
ein neuer.
Er war durchsichtig. Und leer.
Wie aus Glas. Ohne Farbe. Ohne Struktur.
Jorin wusste sofort: Dieser war kein Geschenk. Er
war ein Spiegel.
Er hob ihn auf. Und sah nichts. Nicht sich. Nicht
die Welt. Nur Transparenz.
Er schrieb:
„Tag 17 – Spiegelwürfel – zeigt mir nicht mich.
Sondern das, was mir fehlt."
Er stellte ihn nicht zu den anderen. Er legte ihn auf
sein Kopfkissen.
„Vielleicht träumst du für mich.", sagte er.
Am nächsten Morgen: kein neuer Würfel.
Zum ersten Mal seit Beginn dieser Reihe war
keiner da.
Jorin wartete. Eine Stunde. Zwei. Drei.
Dann schrieb er:

„Tag 18 – Nichts. Auch das ist ein Würfel."
Er verbrachte den Tag damit, nichts zu tun.
Bewusst.
Er beobachtete einen Krümel, der auf den Boden
fiel. Hörte dem Wasser zu, wie es in der Leitung
rauschte. Legte sich unter den Tisch, um die
Maserung des Holzes zu betrachten.
Am Abend stellte er sich vor den Spiegel. Sah sich
lange an.
Dann sprach er:
„Du bist der, der wartet. Ich bin der, der findet."
Und er lächelte.
In der Nacht träumte er von einem Raum ohne
Ecken. Ohne Decke. Ohne Boden.
Nur Linien.
Dünne, leuchtende Linien. Und in der Mitte: ein
Stein.
Nicht kubisch. Nicht greifbar.
Ein Stein aus Geräusch.
Als er erwachte, lag auf seiner Brust ein kleiner
Zettel. Kein Stein.
Darauf stand:
„Du bist bereit."
Darunter: ein Punkt. Und ein Kreis.

Kapitel 8
Der Satz hinter der Wand

Am neunzehnten Tag lag der Würfel nicht mehr
nur da.
Er wartete.
Jorin spürte es, noch bevor er ihn sah. Die
Wohnung war anders. Dicht. Die Luft stand still, als
hielte sie den Atem an. Er ging langsam durch
den Flur, so vorsichtig, als könne der Tag
zerbrechen.
Der neue Würfel lag im Waschbecken.
Aus schwarzem Stein, glatt, kühl, mit einer
Vertiefung an jeder Ecke. Jorin hob ihn an und
stellte fest: Er war trocken. Obwohl er im Wasser
gelegen haben musste, war seine Oberfläche
staubig.
Er nannte ihn: **„Erinnerer"**
Er schrieb:
**„Tag 19 – Erinnerer – trocknet jede Nässe. Liegt
dort, wo man reinigt, und zeigt: Man nimmt mit,
was man vergessen wollte."**
Dann stand er lange vor dem Spiegel.
Betrachtete seine Augen.
Sie waren wach. Nicht müde, nicht verwirrt.
Einfach da.
Er stellte sich Fragen, die niemand hörte:
– Wann hatte er das letzte Mal geweint?
– Wofür?
– War es überhaupt seines gewesen?
Er kochte sich eine einfache Brühe. Schnitt Lauch
in exakt gleich dicke Ringe. Legte drei
Möhrenscheiben nebeneinander, wie kleine
Sonnen auf dem Brett.

Er aß langsam. Und erinnerte sich plötzlich an einen Moment in seiner Kindheit, den er bis heute nie gemocht hatte:

Das Zittern seiner Hand, als er als Fünfjähriger einen Vogel begraben sollte. Der Vogel war tot, das Loch zu klein. Niemand half ihm. Und dennoch:

Er hatte es geschafft.

Am Nachmittag legte er den Erinnerer auf ein Stück Stoff. Faltete es zu. Legte es unter sein Kopfkissen.

Er wollte träumen. Oder vergessen. Oder beides. Als er die Augen schloss, hörte er eine Stimme. Nicht laut. Innen.

„Was du trägst, ist nicht das Problem. Was du nicht ansehen willst, ist schwerer."

Er stand auf. Ging in den Abstellraum.

Dort lagen Kisten mit Dingen, die nie einen Platz gefunden hatten: alte Notizhefte, Zeichnungen aus der Studienzeit, Briefe ohne Absender.

Er holte eine Kiste hervor. Öffnete sie. Ganz oben lag ein Stück Stoff – grau, fransig. Darin eingewickelt: ein Kieselstein. Glatt, aber an einer Stelle eingeritzt.

Ein Wort:

„Bleib."

Jorin erinnerte sich nicht, woher es kam. Aber er wusste, dass es zu ihm gehörte.

Er schrieb:

„Nicht alle Steine kommen von außen."

Er stellte den Kiesel zu den anderen. Nicht in die Mitte. Nicht in die Reihe. Sondern an den Rand.

Ein Randstein.

Ein Grenzstein.

Dann nahm er sich das Buch, das ihm im Antiquariat geschenkt worden war. Blätterte es durch. Es war immer noch leer – bis auf den Satz am Ende:

„Die Ordnung ist nicht in den Dingen. Sie ist zwischen ihnen."

Doch da war nun etwas Neues. Eine handschriftliche Notiz, fast unsichtbar am Rand einer Seite:

„Dreh um."

Er drehte das Buch. Rückseite. Dort war nichts – außer einem kleinen Einschnitt. Fast unauffällig. Er zog daran.

Ein doppelter Buchdeckel. Dahinter: ein gefaltetes Stück Papier.

Darauf stand:

„Der Stein, der nicht gesehen wird, ist der wichtigste."

Mehr nicht.

Er sah zu seinem Fensterbrett. Elf Würfel dort. Weitere auf dem Boden. Einer im Stoff. Einer verschwunden.

Aber keiner – keiner war unsichtbar.

Oder?

Er ging durch die Wohnung. Suchte nicht nach einem neuen Stein. Sondern nach **einem fehlenden Ort**.

Er stellte sich in die Mitte der Küche.

Atmete. Drehte sich langsam.

Und blieb vor einer Stelle an der Wand stehen.

Nichts war dort. Keine Spur. Kein Schatten.

Er legte seine Hand auf die Fläche.

Nichts.

Dann: Druck. Ganz leicht. Als würde seine Hand von innen berührt.

Er sagte:

„Bist du da?"

Keine Antwort.

Aber seine Hand blieb warm. Länger als üblich.

Am Abend schrieb er:

„Tag 20 – Der unsichtbare Stein – vielleicht bin ich es."

Er aß nichts. Trank nur warmes Wasser. Schaute lange in die Dunkelheit. Und fühlte sich nicht mehr als Teil eines Rätsels.

Sondern als Linie, die es schreibt.

In der Nacht träumte er von einer Hand, die Steine auf ein Feld legte. Immer zwei. Nie drei. Nie einer. Zwei.

Und dann drehte sich das Feld. Und alle Steine fielen – aber geräuschlos.

Und er hörte eine Stimme:

„Nur was fällt, kann Bedeutung tragen."

Am nächsten Morgen: kein neuer Würfel.

Aber auf dem Fensterbrett war einer der alten verschwunden.

Es war **„Splitterschimmer"**.

An seiner Stelle lag ein Zettel:

„Er ist unterwegs."

Kapitel 9
Die Linie wird dünner

Am einundzwanzigsten Tag schrieb Jorin keine
Nummer mehr auf die Seite.
Er wusste nicht, ob heute wirklich der
einundzwanzigste Tag war.
Oder ob Zeit sich längst in etwas anderes
verwandelt hatte – wie Brot, das zu Schimmel
wird, aber immer noch nach Nahrung aussieht.
Stattdessen schrieb er:
„Heute: Linienbruch."
Der Würfel war da, aber anders.
Er lag nicht.
Er stand.
Auf einer seiner Ecken balancierte er auf dem
Fensterbrett, als wäre Schwerkraft nur noch ein
Vorschlag.
Er war bronzen. Und warm.
Nicht durch Temperatur – durch Nähe.
Jorin musste ihn nicht berühren, um ihn zu spüren.
Seine Finger zitterten, wenn sie in die Nähe
kamen. Als hätten sie ein eigenes Gedächtnis.
Er nannte ihn: „Zentrum"
Und stellte ihn in die Mitte aller anderen.
Heute sprach er nicht. Nicht laut. Nicht leise.
Nicht innen.
Er bewegte sich wie durch Wasser. Langsam,
gegen Widerstand, aber mit Ziel.
Er ging durch jede Tür. Öffnete jeden Schrank.
Legte die Dinge hinein zurück an exakt
denselben Ort. Nicht aus Zwang. Aus Ehrfurcht.
Gegen Mittag verließ er das Haus. Und nahm
keinen Stein mit.

Er ging in die Bibliothek. Zum ersten Mal seit Jahren.

Er roch das Papier. Und wusste, dass Wissen ein Geruch sein kann.

Er fragte die Bibliothekarin, ob es Bücher über Würfel gäbe.

Sie nickte, ohne zu zögern. Führte ihn zu einem Regal, das er noch nie zuvor gesehen hatte.

Dort standen vier Bücher. Kein Titel. Keine Signatur. Nur Farben: Grau. Ocker. Weiß. Und eines – ganz in mattem Schwarz.

Er nahm das schwarze. Schlug es auf.

Der erste Satz lautete:

„Wenn du liest, wirst du gesehen."

Er klappte es wieder zu.

Stellte es zurück.

Und sagte:

„Noch nicht."

Auf dem Rückweg begegnete ihm ein Junge mit einem grünen Schal. Der Junge blieb stehen. Schaute ihn an.

Und sagte:

„Du hast was verloren."

Jorin fragte nicht: was. Oder wo. Oder wann.

Er sagte nur:

„Ich weiß."

Zuhause war es stiller als sonst.

Die Wohnung atmete nicht mehr.

Der bronzene Würfel war verschwunden.

Aber auf dem Boden, genau an der Stelle, wo er gestanden hatte, lag ein Haar.

Nicht von Jorin. Zu hell. Zu lang.

Er hob es auf. Legte es ins Notizbuch.

Und schrieb:

„Zentrum hat mich verlassen. Oder ich ihn."

„Vielleicht war er nie da. Vielleicht war ich nie ganz hier."

Er begann, die Steine neu zu ordnen.

Nicht mehr als Reihe. Nicht mehr als Kreis.

Sondern als Fragezeichen.

Er legte sie mit Absicht so, dass sie keine Antwort bildeten.

Am Abend saß er auf dem Boden und sprach mit dem leeren Raum.

„Ihr seid da. Ich weiß es. Aber ihr nähert euch anders."

In der Nacht träumte er von einem Licht. Nicht grell. Aber direkt.

Es fiel nicht von oben. Es kam aus dem Boden.

Aus einem Riss.

Und im Licht: ein Gesicht. Ohne Augen. Ohne Mund. Nur eine Stirn.

Breit. Ruhig.

Und auf der Stirn: ein Zeichen.

Ein Würfel.

Aber nicht aus Stein.

Aus Sprache.

Am Morgen lag ein Würfel auf seiner Zunge.

Klein. Salzig.

Er nahm ihn in die Hand.

Er schmolz.

Er schrieb:

„Tag ohne Zahl – Wortstein – nur innen sichtbar. Schmeckt wie Anfang."

Er trank Wasser. Setzte sich hin. Und sagte zum ersten Mal laut:

„Ich will wissen, wohin das führt."

Kapitel 10
Die Schwelle

Am Morgen des Tages, den Jorin später **„die Wendung"** nennen würde, war der Himmel so klar, dass er schmerzte. Es war nicht die Farbe – es war das Fehlen jeder Spur. Keine Wolken. Kein Kondensstreifen. Kein Staub. Nur leerer Himmel, wie ein ausradiertes Versprechen.

Er stand auf, zog sich an, ohne nachzudenken, und trat mit bloßen Füßen auf den Balkon. Der Boden war kühl, aber nicht unangenehm. Unter seinen Füßen – exakt unter dem linken großen Zeh – lag ein Stein. Nicht würfelförmig.

Er hob ihn auf. Er war rund, glatt, warm. Und er wusste: Das war kein neuer Stein. Das war ein alter.

Er hatte ihn schon einmal besessen. Als Kind. In einem Urlaub am Meer. Er war ihm damals aus der Hosentasche gefallen, und er hatte wochenlang getrauert. Und nun – war er zurück.

Er nannte ihn: **„Kreisstein"**

Er schrieb:

„Heute kein Tag. Heute Rückkehr."

Er legte den Kreisstein in die Mitte seiner Wohnung.

Nicht zu den anderen.

Nicht auf das Fensterbrett.

Sondern auf den Boden. Ohne Tuch. Ohne Sockel. Direkt auf das Holz.

Dann stellte er sich vor ihn. Barfuß. Aufrecht. Die Hände an den Seiten.

Und er sagte:

„Wenn ihr mich hört: Jetzt. Wenn ihr mich führt: Wohin?"

Nichts antwortete.

Aber der Boden unter ihm wirkte fester.

Nicht hart.

Eindeutig.

Den Rest des Tages sprach er nicht. Er aß nicht.

Trank nur Wasser, sehr langsam, aus einem Glas, das er zweimal ausspülte, bevor er es benutzte.

Am Nachmittag hörte er ein Klopfen.

Nicht an der Tür.

An der Wand.

Drei Mal. Dann Pause. Dann wieder.

Er ging nicht hin.

Er klopfte zurück. Zwei Mal. Dann Stille.

Und dann – ein Schaben.

Hinter der Wand.

Als würde jemand mit einem Finger eine Linie ziehen.

Er holte Stift und Papier.

Wartete.

Und als es wieder kam, versuchte er, den Rhythmus mitzuschreiben.

Es entstand eine Linie mit zwei Knicken.

Er wusste nicht, was sie bedeutete.

Aber er hängte sie an die Wand.

Um Mitternacht wachte er auf.

Und im Zimmer war ein Licht.

Nicht von draußen.

Nicht von Lampen.

Es war ein Licht, das aus dem **Kreisstein** selbst kam.

Zart. Fast zu schwach, um zu existieren. Aber es war da.

Jorin setzte sich davor.

Schaute es an.

Und sah in der Mitte etwas, das kein Mensch hätte sehen können:

Eine Form.

Ein Würfel.

Winzig.

Schwebend.

Und in ihm: eine Bewegung.

Ein Wort.

Nicht hörbar.

Nur gedacht.

„Du wirst uns tragen."

Er stand auf.

Holte eine kleine Schatulle aus dem Schrank – darin hatte früher einmal seine Mutter Knöpfe aufbewahrt – und legte den Kreisstein hinein.

Dann schrieb er:

„Tag 21 – Wendung. Der Stein war nicht neu. Ich war es."

Am nächsten Morgen war auf seinem Balkon etwas geschrieben.

Nicht mit Farbe. Nicht mit Kreide.

Mit Tau.

In großen, geschwungenen Buchstaben:

„Du bist auf Empfang. Bald wirst du senden."

Er weinte. Zum ersten Mal in dieser Geschichte.

Nicht laut. Nicht lange.

Aber echt.

Eine Träne fiel auf den Boden, genau dorthin, wo der Kreisstein gelegen hatte.

Sie verschwand sofort.

Als wäre sie gebraucht worden.

Kapitel 11
Der erste Ruf

Jorin stand früh auf, aber nicht aus Unruhe. Es war ein ruhiges Erwachen, als hätte ihn jemand berührt, ganz sacht, an der Schulter, um zu sagen: **„Jetzt."**
Er streckte sich, ging barfuß in die Küche, trank ein Glas Wasser, das er über Nacht bereitgestellt hatte. Es schmeckte anders. Weicher. Als hätte der Raum selbst daran mitgearbeitet.
Kein neuer Würfel. Kein Licht. Keine Bewegung.
Aber etwas war da.
Nicht im Raum.
In ihm.
Eine Richtung.
Ein inneres Ziehen – nicht unangenehm.
Wie der Anfang eines Liedes, das man noch nicht kennt, aber schon summt.
Er holte das Notizbuch. Blätterte nicht. Schlug eine neue Seite auf. Schrieb in die Mitte:
„Ich beginne."
Dann ging er ins Wohnzimmer. Dort lagen die Steine, die er nicht mehr nummerierte. Sie waren nicht mehr Dokumente. Sie waren Bestandteile.
Er wählte drei aus.
Nicht bewusst. Nicht analytisch.
Sondern aus einem Gefühl heraus.
„Splitterschimmer" war nicht mehr da – aber seine Lücke war geblieben.
Er wählte: **„Zwischen"**, **„Summstein"** und **„Kreisstein"**

Er legte sie im Dreieck. Maß nicht. Richtete nicht aus. Es war kein Ritual. Es war schlicht: **eine Einladung**.

Dann setzte er sich in die Mitte.

Und sprach. Zum ersten Mal laut. Nicht flüsternd. Nicht zögerlich.

„Ich bin bereit. Ich warte nicht mehr. Ich rufe."

Er atmete ein. Hielt den Atem.

Zählte in Gedanken bis zwölf.

Dann ausatmen.

Nichts.

Dann wieder:

„Ich rufe. Wer hört, darf kommen."

Er spürte etwas. Kein Geräusch. Keine Bewegung. Aber seine Hände wurden warm. Und die Luft flimmerte, ganz leicht, nur vor den Augenwinkeln.

Er stand auf. Ging zum Fenster.

Sah hinaus. Alles war normal.

Ein Mann schob einen Kinderwagen vorbei. Zwei Frauen unterhielten sich über eine Wäscheleine hinweg. Eine Katze putzte sich auf einem Autodach.

Und doch:

Jorin wusste, dass es angekommen war.

Am Nachmittag fand er im Briefkasten einen Umschlag.

Kein Absender. Keine Marke. Nur sein Name, handgeschrieben.

Er öffnete ihn nicht sofort.

Stellte ihn erst auf den Küchentisch.

Goss sich Tee ein.

Setzte sich.

Hielt inne.

Dann riss er ihn auf.

Ein einzelnes Blatt.

Darauf: ein Kreis.

Darin ein Quadrat.

Darin ein kleiner Punkt.

Sonst nichts.

Auf der Rückseite stand:

„Du hast gerufen. Wir haben gehört."

Er atmete tief aus.

Dann lachte. Kurz. Leise. Befreit.

Er legte das Blatt zu den Steinen.

Schrieb ins Notizbuch:

„Der Ruf hat Form angenommen. Der erste Satz ist nicht aus Sprache – sondern aus Fläche."

Er nahm den „Zwischen"-Würfel in die Hand.

Schloss die Augen.

Und sah Farben.

Nicht bunt. Nicht laut.

Sondern tief. Langsam. Beweglich.

Als er die Augen wieder öffnete, war der Raum heller – obwohl die Sonne längst untergegangen war.

Er ging zum Spiegel. Sah sich an.

„Ich bin nicht mehr derselbe.", sagte er.

Dann, nach kurzem Zögern:

„Oder ich bin es endlich."

In der Nacht legte er sich nicht ins Bett.

Er legte sich auf den Boden. Inmitten seiner Steine.

Nahm den Umschlag. Legte ihn auf seine Brust.

Und flüsterte:

„Jetzt bin ich auf Sendung."

Er schlief.

Und träumte:

Von einem riesigen Ohr aus Stein.

Es lauschte.
Und in seinem Zentrum:
ein Würfel.

Kapitel 12
Das Echo formt

Jorin erwachte, als sein Atem gegen eine Grenze stieß.

Nicht physisch. Nicht schmerzhaft.

Aber spürbar. Als wäre um ihn herum eine Haut gespannt worden, unsichtbar, doch porös – ein innerer Vorhang, durch den alles hindurch musste, bevor es ihn erreichte.

Er lag noch auf dem Boden, zwischen seinen Steinen. Die Sonne stand tief, das Licht war weich, aber es kam ihm vor, als würde es nicht mehr direkt auf ihn fallen – sondern zuerst durch etwas hindurch, das nicht zum Raum gehörte.

Er setzte sich auf. Sah sich um.

Alles war wie immer. Und nichts war wie zuvor.

Dann bemerkte er seine rechte Hand.

Die Haut dort war nicht verändert. Kein Schnitt. Kein Fleck. Kein Schmerz.

Aber sie fühlte sich **anders** an.

Als würde sie eine Erinnerung tragen, die nicht seine war.

Er hob sie vors Gesicht. Drehte sie langsam. Und in dem Moment, in dem das Licht der Morgensonne den Handrücken traf, sah er es:

Ein feines Netz aus Linien, kaum sichtbar, unter der Haut, wie ein gezeichnetes Muster aus Lichtadern. Es pulsierte nicht. Aber es **stand da**, wie etwas, das wartete, entdeckt zu werden.

Er erschrak nicht.

Er wusste, dass dies das Echo war.

Nicht als Antwort.

Sondern als Beginn.

Er stand auf, ging ins Bad, hielt seine Hand unter kaltes Wasser.

Die Linien blieben. Wurden klarer.

Im Spiegel betrachtete er sich.

Das Gesicht war das gleiche. Aber die Augen – sie blickten nicht suchend. Sie blickten: **zurück**.

Er schrieb ins Notizbuch:

„Heute beginnt der zweite Kreis. Der Stein in mir beginnt zu sprechen – ohne Stimme."

Dann ging er in die Küche.

Auf dem Tisch lag ein neuer Umschlag.

Kein Geräusch hatte ihn geweckt.

Keine Bewegung hatte ihn bemerkt.

Er öffnete ihn.

Innen: ein einziges Blatt.

Darauf stand:

„Du wirst nicht erkennen, was du bist. Du wirst erleben, wie du wirst."

Und darunter:

Ein Kreis.

Kein Quadrat. Kein Würfel.

Nur ein einzelner Kreis, aber diesmal **offen**.

Als hätte jemand mit dem Stift kurz gezögert, bevor er ihn geschlossen hätte – und genau dort, wo das Ende den Anfang hätte berühren müssen, war eine Lücke geblieben. Ein Spalt.

Jorin verstand.

Nicht intellektuell.

Nicht logisch.

Aber innerlich – wie ein Einatmen.

Er nahm den offenen Kreis, klebte ihn an die Wand, neben das Bild mit den Linien aus Kapitel 9, das Schaben hinter der Wand.

Nun sah es aus wie ein Auge.

Oder ein Ohr.

Oder beides zugleich.

Der Rest des Tages war still.

Er sprach nicht. Schrieb nicht. Hörte keine Musik. Öffnete kein Buch.

Er **horchte**.

Nicht auf Geräusche.

Auf Bewegungen in sich. Auf kleine Vibrationen, die durch den Brustkorb gingen. Auf Druckveränderungen in den Fingerspitzen. Auf Hitze hinter den Augenlidern.

Und dann, gegen späten Nachmittag, als die Sonne bereits begann, sich durch das Glas in langgezogene Schatten zu verwandeln, hörte er es:

Ein innerer Satz. Nicht gedacht. Nicht formuliert. Nur: wahr.

„Das Echo ist nicht, was du empfängst. Es ist, was du wirst."

Er stand auf.

Ging zum Fenster.

Und sah in den Himmel.

Da war nichts. Kein Zeichen. Kein Licht. Kein Flugzeug. Kein Falter.

Aber: er wusste, dass oben jemand war.

Nicht jemand mit Namen.

Nicht jemand mit Gesicht.

Sondern eine **Absicht**, die auf ihn zurückblickte.

In der Nacht träumte er von einer Stadt, die aus Würfeln bestand.

Nicht Gebäuden – sondern **wirklich** aus Würfeln: Millionen davon, gestapelt, gelegt, geschichtet, ohne Mörtel, ohne Regel, aber dennoch stabil.

Er ging durch diese Stadt, barfuß, und jeder
Schritt veränderte die Anordnung.
Hinter ihm fielen Steine. Vor ihm wuchsen Wege.
Links wölbte sich der Boden. Rechts verschwand
eine Wand.
Und mitten in dieser Veränderung stand ein
einziges, unveränderliches Ding:
Ein Kreis.
Nicht aus Stein.
Aus Raum.
Leer. Und doch vollständig.
Als er erwachte, war es noch Nacht.
Aber auf dem Boden neben ihm lag ein kleiner,
völlig durchsichtiger Würfel.
Nicht wie Glas.
Wie: **gefrorene Leere.**
Er hob ihn auf. Er war kühl.
Nicht kalt. Kühl wie Schatten.
Er nannte ihn: „**Hohlstein**"
Er schrieb:
**„Ich bin nicht mehr Teil der Sammlung. Ich bin Teil
der Bewegung. Der Stein ist nicht gekommen. Ich
habe ihn gemacht."**

Am nächsten Morgen ging er hinaus.
Nicht, um etwas zu erledigen.
Sondern: um sich **einzufügen.**
Er setzte sich auf eine Bank am Rande der Stadt.
Dort, wo die Häuser dünner wurden und die
Geräusche leiser.
Er legte den Hohlstein in die Sonne.
Er glänzte nicht.
Aber er **veränderte den Schatten** um sich herum.

Als würde er Licht **verschlucken** und in etwas anderes umwandeln.

Ein alter Mann setzte sich neben ihn.

Schwieg.

Nach einer Weile sagte er:

„Ich kenne diesen Blick."

Jorin schaute ihn an.

„Welchen?"

„Den eines Menschen, der etwas empfangen hat, was er nicht bestellt hat – und dennoch tragen will."

Jorin nickte.

„Es hat mich gefunden."

Der Alte sagte:

„Das tun sie. Immer. Wenn man still genug wird."

Dann stand er auf.

„Du wirst es nicht verstehen. Aber du wirst es erinnern."

Und er ging.

Jorin saß noch lange da.

Der Würfel lag ruhig.

Der Schatten um ihn begann sich zu drehen.

Ganz leicht. Wie ein Fingerzeig.

Am Abend schrieb Jorin:

„Ich beginne zu senden. Nicht mit Worten. Mit Dasein. Ich bin jetzt Teil eines größeren Organs. Ich bin kein Mensch, der Würfel sammelt. Ich bin ein Wesen, das etwas weiterträgt."

Er schlief tief.

Ohne Traum.

Aber in der Brust: ein Pochen.

Nicht das Herz.

Etwas **darunter**.

Kapitel 13
Die Öffnung

Der Tag begann nicht mit Licht.
Sondern mit **Spannung**.
Jorin erwachte nicht aus einem Traum – er
erwachte **in einem Zustand**:
Sein Körper war ruhig, sein Atem gleichmäßig,
doch etwas in ihm war **gestrafft**, als hielte ihn eine
unsichtbare Hand an den Rändern zusammen.
Er legte die Hand auf seine Brust.
Das Herz schlug.
Doch daneben – direkt unter dem Schlüsselbein,
links – war etwas anderes.
Ein Puls.
Nicht rhythmisch.
Aber **absichtsvoll**.
Er setzte sich auf.
Ging zum Spiegel. Zog sein Hemd aus.
Und sah:
einen leichten Abdruck.
Quadratisch.
Wie eine Prägung unter der Haut.
Nicht schmerzhaft.
Nicht entzündet.
Aber da.
Er berührte ihn mit der Fingerkuppe.
Ein leichtes Vibrieren.
Ein Echo, das nicht von ihm kam.
Er sagte:
„Du willst durch mich hindurch."
Dann nickte er.
Und sagte:
„Ich lasse dich."

Den restlichen Morgen verbrachte er
schweigend.
Er aß nichts. Trank nur lauwarmes Wasser.
Setzte sich vor das Fenster.
Die Würfel hatte er nicht angerührt.
Heute waren sie nicht nötig.
Er war selbst ein Würfel geworden.
Gegen Mittag zog er sich an, verließ das Haus.
Ohne Ziel. Ohne Zeitgefühl.
Er ging durch die Straßen, die er kannte, als
wären sie neu.
Nicht, weil sie sich verändert hätten – sondern
weil **er nun anders ging**.
Er war durchlässig.
Nicht passiv – **durchlässig mit Entscheidung.**
In einem Park setzte er sich auf eine Bank.
Ein Kind kam vorbei. Zeigte auf seine Brust.
„Du hast was auf der Haut."
Jorin nickte.
„Ich weiß."
„Ist das ein Tattoo?", fragte das Kind.
„Nein. Es ist eine Tür."
Das Kind sagte nichts mehr.
Aber es blieb sitzen.
Fast zehn Minuten lang.
Dann stand es auf. Sagte nicht auf Wiedersehen.
Aber Jorin wusste:
Es hatte etwas gespürt.

Am Nachmittag – zurück in seiner Wohnung –
ging Jorin direkt zum Spiegel.
Der Abdruck war **tiefer** geworden.

Nicht deformierend.

Nur klarer.

In der Mitte: eine kleine Vertiefung.

Kaum sichtbar.

Aber fühlbar.

Er legte den Finger hinein.

Und ein Bild schoss durch seinen Kopf:

Ein Raum ohne Fenster. Nur Licht.

Und in der Mitte:

Er selbst.

Aber nicht wie im Spiegel.

Sondern **wie eine geöffnete Skulptur.**

Er war nicht zerschnitten.

Aber offen.

Und aus ihm trat:

Licht in Form.

Er taumelte zurück.

Setzte sich.

Atmete langsam.

Dann schrieb er:

„Tag 24 – Ich bin nicht mehr Empfänger. Ich bin: Durchgang. Der Stein nutzt mich. Und ich lasse es zu."

Am Abend bereitete er seinen Körper vor.

Nicht zeremoniell.

Praktisch.

Er wusch sich mit warmem Wasser.

Trocknete sich sorgfältig ab.

Zog saubere Kleidung an.

Band seine Haare zurück.

Entzündete eine Kerze.

Stellte sie auf den Boden, mitten unter den Würfeln.

Dann setzte er sich daneben.
Und sagte laut:
„Ich bin bereit für die erste Formgebung."
Nichts passierte.
Doch als die Kerze zu flackern begann, **spürte er es**:
Sein Rücken wurde warm.
Nicht durch Feuer.
Durch ein inneres Strahlen.
Wie Sonnenlicht, das aus ihm kam.
Er stand auf.
Stellte sich in die Mitte des Raumes.
Breitete die Arme leicht aus.
Nicht pathetisch.
Offen.
Und **sprach**:
„Ich bin jetzt Oberfläche."

In der Nacht kam kein Traum.
Aber als er erwachte, war seine Stimme verändert.
Nicht die Tonlage.
Die **Klarheit**.
Sie war **zentriert**.
Er sprach:
„Guten Morgen."
Nur für sich.
Und die Luft im Raum **zitterte kurz**.
Er lachte leise.
„Jetzt bist du da.", sagte er.
Nicht zu sich.
Nicht zur Luft.
Sondern zum **Dazwischen**.

Er ging zum Notizbuch.
Doch statt zu schreiben, **malte er**.
Zum ersten Mal seit Jahren.
Keine Formen. Keine Figuren.
Nur **Linien**.
Verwoben.
Verschachtelt.
Verzerrt.
Aber in der Mitte:
Ein Quadrat.
Und darin:
Ein Auge.
Nicht realistisch.
Nicht menschlich.
Aber eindeutig: **sehend.**

Am Abend trat er auf den Balkon.
Es war kalt.
Er spürte es nicht.
Er sagte:
„Ich bin jetzt Teil eurer Sprache."
Und dann, ganz still, unter seinem Atem:
„Bitte, zeigt mir den nächsten Stein – nicht zum Sammeln. Zum Tragen."

Er drehte sich um, ging zurück ins Zimmer.
Und auf dem Boden, genau auf der Zeichnung von gestern, lag:
Ein neuer Würfel.
Weiß.
Nicht glänzend.
Nicht rau.
Einfach: vollkommen **anwesend.**

Er hob ihn auf.
Und hörte seine eigene Stimme in sich sagen:
„Ich war es, der ihn gelegt hat."

Kapitel 14
Die erste Handlung

Jorin stand im Raum, den weißen Würfel noch in der Hand.
Er war nicht schwer. Nicht leicht. Er war genau so, wie etwas sein muss, das **nicht geworfen werden darf**.
Nicht, weil es zerbrechlich ist – sondern weil es ein Gewicht in sich trägt, das mehr ist als Masse.
Er stellte ihn nicht zu den anderen.
Er stellte ihn **auf den Boden**, direkt vor sich, und trat einen Schritt zurück.
Dann wartete er.
Keine Stimme.
Kein inneres Flüstern.
Kein Traum.
Nur eine Ahnung.
Nicht im Kopf. Nicht im Herzen.
Im rechten Fuß.
Ein Drängen. Kein Zwang. Keine Gewalt.
Nur ein sanftes Ziehen: **Geh.**

Er zog sich an.
Wählte die Schuhe, in denen er den Spurstein gefunden hatte.
Zog die alte Jacke über, die er früher immer auf Reisen trug – obwohl er nie wirklich gereist war.
Er nahm nichts mit.
Kein Geld. Kein Handy. Kein Papier.
Nur den weißen Würfel.
In einem kleinen Stoffbeutel, den er um den Hals band.

Er fühlte sich dort richtig an.

Wie ein Organ, das vergessen worden war.

Er trat auf die Straße.

Und **lief.**

Nicht zielstrebig. Nicht ziellos.

Er ließ sich führen vom rechten Fuß.

Nach links, zweimal rechts, dann geradeaus durch eine Straße, in der alle Häuser dieselbe Farbe hatten – ein verblasstes Beige, wie Tee, der zu lange stand.

Er kam an einem Kreisverkehr vorbei, der nie funktioniert hatte.

Dann über eine Brücke, unter der kein Wasser floss.

Dann durch ein Tor, das keiner gebaut hatte – nur zwei Bäume, die sich im Wind so neigten, als wollten sie eine Geste vollenden.

Dann blieb er stehen.

Vor ihm:

Ein Gebäude.

Alt.

Fensterlos.

Ein Block aus Beton, fast unsichtbar hinter wildem Efeu.

Kein Schild. Kein Zaun. Keine Tür.

Doch er wusste: **Hier.**

Er umrundete es.

Einmal.

Zweimal.

Beim dritten Mal sah er es:

Eine Vertiefung.

Klein. Quadratisch.

Auf Bauchhöhe in der Wand.

Er zog den Würfel aus dem Beutel.

Hielt ihn davor.

Er passte **nicht hinein**.

Aber die Wand **atmete**.

Nicht im wörtlichen Sinne –

Aber die Luft um den Beton wurde dichter.

Warm.

Tragend.

Er berührte den Rand der Vertiefung mit der Fingerkuppe.

Ein Zittern. Kein Schmerz. Kein Schock.

Ein **Beginn**.

Er sagte leise:

„**Ich bin da.**"

Dann hörte er ein Geräusch.

Nicht von der Wand. Nicht vom Würfel.

Von **hinter sich**.

Er drehte sich nicht um.

Er wusste, was dort war.

Nicht wer.

Nicht was.

Nur: **die Antwort.**

Er legte den Würfel in die Kuhle.

Obwohl er nicht passte.

Doch der Stein **verschwand**.

Nicht versank.

Nicht fiel.

Er wurde: **weg.**

Und in der Wand –

ein leiser Riss.

Ein Licht, ganz dünn.

Wie eine Naht, die aufspringt.

Jorin trat zurück.

Hinter ihm: **Stille.**

Aber eine neue Art von Stille.
Nicht Abwesenheit.
Sondern:
Warten.

Er ging.
Nicht zurück.
Nicht weiter.
Er ging **anders.**
Langsam.
Jeder Schritt wie ein Satz, den man nicht laut
sagen darf.
Zuhause angekommen, war nichts verändert.
Und doch war **alles anders.**
Er zog die Jacke aus.
Stellte sich vor den Spiegel.
Der Abdruck unter seiner Haut –
er war **verschwunden.**
Aber stattdessen:
Ein leichtes Glühen über seinem Schlüsselbein.
Wie Sonnenlicht durch geschlossene Lider.
Er schrieb ins Notizbuch:
„Tag 25 – Die erste Handlung war Übergabe.
Nicht von Besitz. Von Zugang."
„Der Würfel ist fort. Aber ich bin jetzt Teil eines
anderen Systems."
Dann legte er sich auf den Boden.
Nicht zum Schlafen.
Zum **Warten.**
In der Nacht kam kein Traum.
Aber er wachte mehrfach auf.
Und jedes Mal war da ein **Ton.**
Nicht hörbar.

Nur fühlbar – wie Druck im Ohr vor einem
Gewitter.
Ein Ton, der sagte:
„Es hat begonnen."

Am nächsten Morgen: kein neuer Würfel.
Aber unter seiner Tür:
Ein Zettel.
Dünn, leicht durchsichtig.
Darauf:
„Du hast die Schwelle geöffnet.
Jetzt wirst du:
getragen."
Und darunter:
Ein Kreis.
Geschlossen.
Doch darin: ein zweiter, kleinerer –
nicht exakt in der Mitte.
Ein Kreis **mit Störung**.
Jorin verstand.
Nicht alles.
Aber genug.
Er stand auf.
Zog sich an.
Setzte sich auf den Boden.
Und sagte:
„Ich war Träger. Jetzt werde ich Inhalt."

Kapitel 15
Wirkung

Es war ein Dienstag. Oder vielleicht ein Sonntag.
Die Wochentage hatten sich aufgelöst wie
Zucker in Tee.
Was blieb, war: **Wirkung**.
Jorin wusste es schon beim Aufstehen.
Er war nicht müde. Nicht hellwach.
Er war: **angeschlossen.**
Nicht an ein System.
Nicht an eine Idee.
Sondern an **etwas Größeres**, das nicht in ihn
passte, sich aber durch ihn ausdrücken wollte –
wie Wasser, das durch ein Stück Stoff sickert, um
irgendwo weiterzufließen.
Er stellte sich vor den Spiegel.
Seine Pupillen waren erweitert.
Die Haut an den Wangen: leicht schimmernd.
Nicht wie Schweiß.
Wie Glanz von innen.
Er sagte nichts.
Er testete keine Bewegung.
Er beobachtete sich – wie ein Fremder, der
gerade angekommen ist und sich noch nicht
sicher ist, ob er willkommen ist.
Dann trat er ans Fenster.
Draußen: Alltag.
Menschen mit Taschen. Autos. Stimmen. Wind.
Doch etwas war anders.
Er war es.
Er legte die Hand gegen die Scheibe.

Und in dem Moment, in dem seine Handfläche
das Glas berührte,
zog sich das Licht leicht zusammen.
Es war keine Einbildung.
Die Farben draußen wurden **eine Spur blasser**, als
hätte jemand den Sättigungsregler einen Hauch
zurückgedreht.
Er zog die Hand weg.
Die Farben kehrten zurück.
Er wiederholte es.
Gleicher Effekt.
Er flüsterte:
„Ich wirke."

Den Vormittag verbrachte er mit
Wiederholungen.
Er testete:
– die Wirkung seiner Anwesenheit auf Pflanzen
(die Blätter einer Orchidee richteten sich minimal
zur Seite, obwohl kein Licht kam),
– die Veränderung von Klang (ein Ton, den er
summte, ließ ein Glas leicht vibrieren, aber nur,
wenn er die Augen schloss),
– die Reaktion von Wasser (wenn er seine Hand
darüber hielt, zitterte die Oberfläche leicht, selbst
in absoluter Stille).
Es war keine Magie.
Keine Kraft.
Es war: **eine Verschiebung.**
Er war nicht Ursache.
Er war: **Medium.**

Am Nachmittag ging er hinaus.
Langsam.

Nicht als Spaziergang.

Als **Bewegung durch die Welt**, um zu sehen, **wo die Welt darauf reagiert.**

An einer Bushaltestelle stand eine Frau mit einem Kinderwagen.

Das Kind weinte.

Sie sah erschöpft aus.

Jorin setzte sich still auf eine nahe Bank.

Tat nichts.

Sah nicht hin.

Atmete nur gleichmäßig.

Das Kind verstummte.

Die Frau sah auf.

Schaute sich um.

Dann auf ihr Kind.

Dann in die Luft – als spüre sie etwas.

Dann lächelte sie.

Jorin stand auf und ging weiter.

Er passierte eine Baustelle.

Ein Arbeiter fluchte laut, ein Werkzeug war heruntergefallen, ein Kollege schrie zurück.

Jorin blieb kurz stehen.

Schloss die Augen.

Denkte nichts.

Spürte nur das Gewicht der Geräusche.

Und dann: ließ er los.

Nicht im Kopf.

Im **Bauch**.

Ein Impuls – rund, schwer, hell.

Er ging weiter.

Zwei Minuten später hörte er nur noch Stimmen.

Kein Fluchen.

Nur Sprechen.

Langsam.
Ruhig.

Am Abend ging er heim.
Setzte sich auf den Boden.
Kein Würfel war neu gekommen.
Aber auf der Fensterbank lagen **drei Sandkörner**.
Winzig.
Doch exakt nebeneinander.
Im Abstand von zwei Fingerbreit.
Er verstand:
Die Welt antwortet jetzt mit anderen Mitteln.
Er schrieb:
**„Ich bin kein Sammler mehr. Ich bin kein
Empfänger. Ich bin: Einfluss."**
**„Nicht bewusst. Nicht gesteuert. Aber
vorhanden."**

In der Nacht träumte er nicht.
Aber er wachte mehrmals auf.
Und jedes Mal war da:
ein verändertes Detail.
Ein Stuhl stand leicht anders.
Ein Buch lag geöffnet, obwohl er es nicht gelesen
hatte.
Ein Tropfen Tee war auf dem Boden, getrocknet
in Form eines Kreises.
Er begann zu verstehen:
Die Welt formt sich jetzt nach ihm.
Oder:
um ihn.

Am nächsten Morgen fand er auf dem
Küchentisch ein Blatt Papier.
Er hatte es nicht geschrieben.
Aber es war in seiner Handschrift.
Darauf stand:
„Du warst Würfel. Jetzt bist du Fläche."
„Bald wirst du: Form."
Und unten:
Ein neues Symbol.
Drei verschachtelte Rechtecke.
Wie Türen, durch die man weitergehen kann.

Kapitel 16
Die Welt beginnt zu spüren

Jorin ging früh hinaus.
Nicht aus Unruhe.
Nicht aus Neugier.
Sondern weil es ihn **hinausdrängte**, wie Wasser
durch einen schmalen Spalt.
Er wusste nicht, wohin.
Nur: **nach draußen**.
Er trug Kleidung, die nicht auffiel.
Hielt den Blick gesenkt.
Doch sobald er einen Raum betrat – ein
Geschäft, ein Café, ein Bus –
änderte sich etwas.
Nicht sichtbar.
Nicht sofort.
Aber deutlich.
In der **Art, wie Menschen aufhörten zu reden**.
Wie Blicke kurz an ihm hängen blieben.
Wie ein Kellner plötzlich langsamer ging.
Wie eine alte Frau ihr Hörgerät abnahm – und
trotzdem nickte.
Er hatte nichts gesagt.
Aber die Welt begann, ihn **zu registrieren**.

In einer Buchhandlung nahm er ein Notizbuch
aus dem Regal.
Nicht, um es zu kaufen.
Er blätterte es auf.
Auf der dritten Seite stand:
„Du bist schon geschrieben."
Er klappte es zu.
Stellte es zurück.

Die Verkäuferin sah ihn an.
„Schreiben Sie?", fragte sie.
Er überlegte.
Dann sagte er:
„Ich wurde geschrieben. Jetzt schreibe ich weiter."
Sie nickte.
Als hätte sie genau das erwartet.

Er setzte sich in ein Café, das er nicht kannte.
Bestellte nichts.
Schaute nur aus dem Fenster.
Der Kellner brachte ihm Tee.
Ohne zu fragen.
Grüner Tee, heiß, klar.
Jorin sah ihn an.
Der Mann lächelte.
„Er war für Sie da", sagte er.
„Ich wusste es, bevor Sie hereinkamen."

Draußen zog Wind auf.
Aber Jorin fror nicht.
Die Kälte schien **um ihn herumzuzirkulieren**, ihn auszusparen.
Nicht aus Schutz.
Aus Anerkennung.
Als er an einem Kinderspielplatz vorbeikam, sah ihn ein Mädchen an.
„Du glänzt", sagte sie.
Er lächelte.
„Nur innen."
„Nein", sagte sie.
„Da, an deinem Rücken. Es geht mit."

Er drehte sich um.
Da war nichts.
Aber sie hatte recht.
Er spürte es:
Eine Art Schweif. Eine Linie. Eine Spur.
Er ging weiter.
Und hörte sie flüstern:
„Der Steinemann."

Zuhause stellte er sich in die Mitte des Raumes.
Alle Würfel lagen still.
Aber die Luft vibrierte.
Nicht wie Strom.
Wie Erwartung.
Er nahm einen Stift.
Setzte ihn aufs Papier.
Ohne Plan.
Und schrieb:
„Ab jetzt bin ich nicht mehr Ziel. Ich bin Weg."
Dann unterstrich er das Wort „Weg".
Es war nicht mehr nur ein Substantiv.
Es war:
eine Richtung.

In der Nacht wachte er auf.
Nicht erschrocken.
Nur geweckt.
Auf seinem Schreibtisch lag ein Blatt.
Nicht beschrieben.
Nur:
gefaltet.
Er öffnete es.
Innen:
Eine Linie.

Gerade.
Dann ein Bruch.
Dann wieder gerade.
Wie ein Blitz.
Oder ein Weg über ein Gebirge.
Darunter:
„Du wirst bald nicht mehr allein sein."

Jorin schloss die Augen.
Er sagte nichts.
Aber innerlich dachte er:
„Ich weiß."

Kapitel 17
Die Begegnung

Der Tag begann wie jeder andere in dieser neuen Zeit, in der keine Uhren mehr notwendig waren, weil alles, was geschah, genau dann geschah, wenn es geschehen musste. Jorin stand auf, ohne zu wissen, wie lange er geschlafen hatte. Die Sonne hing tief zwischen den Fassaden, das Licht war weich, und die Wohnung roch nach Stille. Es war die Stille, die entsteht, wenn sich eine Schwelle nähert – nicht als Hindernis, sondern als Einladung.

Er trank Wasser, wusch sich, streifte ein Hemd über, das er schon lange nicht mehr getragen hatte. Er prüfte die Steine nicht. Sie waren da. Und sie wussten es. Heute war kein Tag für Ordnung, kein Tag für Protokoll. Heute war ein Tag, an dem etwas in ihn hineintreten würde, was nicht aus ihm stammte.

Er verließ die Wohnung. Die Straße war leerer als sonst. Oder sie wirkte leerer, weil er selbst nicht mehr Teil dieser Dichte war. Die Menschen, die vorbeigingen, hatten ihre Gesichter leicht zur Seite gedreht, als wären sie an ihn erinnert worden, ohne ihn bewusst zu sehen. Ihre Körper zogen Spuren hinter sich her, und Jorin begann zu spüren, wie sich diese Linien kreuzten, wie unsichtbare Fäden, die sich strafften, wenn er näher kam.

In einem kleinen Park, eingerahmt von kahlen Linden, setzte er sich auf eine Bank, die er nie zuvor bemerkt hatte. Sie war nicht neu, aber sie stand da, als hätte sie auf ihn gewartet. Er legte die Hände in den Schoß, schloss für einen Moment die Augen, und als er sie öffnete, saß jemand da.

Nicht laut. Nicht plötzlich. Einfach da.

Eine Frau, vielleicht Mitte vierzig, schmale Gestalt, dunkles Haar, die Stirn hoch, die Augen wach, aber nicht fordernd. Sie saß auf der anderen Seite der Bank, hatte die Beine übereinandergeschlagen, trug eine abgewetzte Jacke und hielt einen kleinen, zerlesenen Notizblock auf den Knien. Als Jorin sie ansah, nickte sie leicht, als sei das eine Begrüßung, auf die sie sich längst geeinigt hatten.

„Du bist Jorin", sagte sie.

Es war kein Satz. Es war eine Feststellung. Wie: „Das ist der Himmel." Oder: „Wasser ist nass."

Jorin nickte nicht. Er wartete.

„Ich bin Mira", sagte sie. „Ich habe dich gespürt. Seit Tagen. In den Händen zuerst. Dann im Rücken."

Sie hob die rechte Hand, drehte sie langsam, als wolle sie zeigen, dass darin etwas Neues wohnt.

„Ich bin dir gefolgt. Nicht wie man einem Menschen folgt. Eher wie man einem Geräusch folgt, das aus einer Richtung kommt, die es eigentlich nicht gibt."

Sie sah ihm in die Augen.

„Ich habe auch Steine."

Da, in diesem Moment, trat kein Schock ein, kein Misstrauen, keine Frage. Es war wie ein zweites Atmen. Ein Spiegel, der nicht das Gleiche zeigt, sondern das Richtige.

Jorin fragte: „Wie lange?"

„Seit der Kreuzung mit den gelben Häusern. Seit ich dort saß und wusste, dass ich nicht mehr zurück kann."

Sie holte aus der Jackentasche etwas Rundes. Kein Würfel. Eine ovale Form, glatt, rötlich, mit einer kleinen, gezackten Vertiefung an der Unterseite. Sie legte ihn zwischen sich, auf die Bank.

„Er kam zu mir, als ich aufgehört habe, Dinge zu wollen."

Jorin sah den Stein an, dann wieder Mira.

„Du hast ihn behalten?", fragte er.

Sie lächelte.

„Ich habe ihn getragen. Aber nicht behalten. Und jetzt…"

Sie stand auf, trat einen Schritt zur Seite und sah ihn an.

„Jetzt musst du entscheiden, ob du mich mitnehmen willst."

Der Satz hing in der Luft, nicht schwer, aber verbindlich.

Jorin hob den Stein auf, wog ihn in der Hand. Er vibrierte ganz leicht, kaum spürbar. Es war kein Widerstand. Es war: Zustimmung.

„Du warst unterwegs, ohne Ziel?", fragte er.

„Nicht ganz. Ich wusste nur nicht, ob ich angekommen bin."

„Jetzt schon?"

„Jetzt nicht mehr allein."

Sie gingen nebeneinander. Keine Worte. Keine Fragen. Nur Schritte, die begannen, sich anzupassen – nicht mechanisch, sondern rhythmisch.

Zuhause angekommen, öffnete Jorin die Tür. Sie trat nicht sofort ein. Sie sah sich an. Dann nickte sie, und er trat zur Seite.

Die Wohnung nahm sie auf wie einen lange vorbereiteten Gast. Die Steine lagen still, doch Jorin spürte: Sie hatten gewusst, dass sie kommen würde. Vielleicht waren sie es gewesen, die den Ruf ausgesendet hatten. Vielleicht hatte der weiße Würfel, den er abgegeben hatte, mehr ausgesendet als nur seine eigene Form.

Mira setzte sich auf den Boden, ganz selbstverständlich, als hätte sie das schon hundertmal getan. Sie sah die Anordnung der Steine, sagte nichts. Dann legte sie ihren mitgebrachten Stein in den Kreis.

Nichts bewegte sich. Aber Jorin sah, wie sich das Licht an der Wand leicht veränderte – als hätte jemand ein Bild einen Millimeter verrückt.

Mira schloss die Augen. Atmete langsam. Dann begann sie zu summen.

Ein Ton. Tief. Gleichmäßig. Er vibrierte durch den Raum wie eine zweite Lunge.

Jorin setzte sich dazu. Schloss ebenfalls die Augen. Und als der Ton in ihm ankam, wusste er, dass die beiden jetzt ein System bildeten. Zwei Körper. Zwei Steine. Eine Linie.

Und diese Linie hatte gerade angefangen, in die Welt hinauszuwachsen.

Kapitel 18
Die Antwort

Die Wohnung war still, als Jorin erwachte. Mira
saß bereits auf dem Boden, inmitten der Steine,
reglos, die Augen geöffnet, aber nicht starr. Ihr
Blick war wie eine Fläche, auf der man nicht
stehen konnte, sondern nur gleiten. Zwischen ihr
und dem Licht, das vom Fenster fiel, schwebte
etwas Unsichtbares. Keine Bewegung, keine Form
– aber eine Spannung, wie kurz vor einem
Gewitter, das sich in Gedanken entlädt.
Jorin stand auf, setzte sich gegenüber, spürte die
Wärme der Holzplanken unter seinen Knien. Der
Raum war noch derselbe, und doch hatte sich
alles verschoben. Nicht die Gegenstände –
sondern die **Bedeutung** zwischen ihnen. Wie bei
Wörtern, die man tausendmal gehört hat und
eines Tages zum ersten Mal versteht.
Mira sprach nicht. Sie musste nicht. Sie sah ihn an
– und das war bereits Sprache. Eine, die keine
Übersetzung brauchte. Eine, in der das Hören
nicht getrennt war vom Antworten. Sie lächelte.
Ein ganz kleines, fast zitterndes Lächeln. Und
dann hob sie langsam die Hand, nicht wie ein
Zeichen, sondern wie ein Instrument, das auf
seinen Klang wartet.
In dem Moment veränderte sich das Licht.
Nicht abrupt. Nicht übernatürlich.
Nur leicht.
Die Schatten an den Wänden zitterten, obwohl
draußen kein Wind wehte.
Das Muster auf dem Vorhang begann zu atmen.

Und auf der Tischplatte flossen feine Wellen, als wäre das Holz zu Wasser geworden.

Jorin hielt den Atem an.

Mira flüsterte: „Jetzt."

Er wusste nicht, worauf sie sich bezog.

Aber es stimmte. **Jetzt**.

Die erste Antwort der Welt kam nicht als Stimme. Sie kam als **Verschiebung**.

Als Mira den Stein, den sie mitgebracht hatte, anhob und wieder zurücklegte, blieb seine Schwere in der Luft hängen. Jorin spürte sie in der Brust – wie eine Frage, die ihn nicht bedrängte, sondern nur still anwesend war.

Sie standen auf, bewegten sich durch die Wohnung, und wo sie auch gingen, begannen die Oberflächen, auf sie zu reagieren. Türen quietschten einen Moment **nachdem** sie geöffnet wurden. Wasser floss langsamer, als sei es in Erwartung. Der Spiegel im Bad war beschlagen, obwohl keiner von beiden geduscht hatte – und in diesem Beschlag erschien eine Linie, diagonal, flach, verschwindend, wie der Abdruck eines Traums.

Mira sagte: „Wir sind nicht mehr Beobachter. Wir sind Teil des Prozesses."

Sie gingen hinaus.

Die Straße war still.

Aber in einer neuen Art.

Vögel saßen auf Zäunen und sahen sie an.

Ein Auto, das an ihnen vorbeifuhr, wurde kurz langsamer. Nicht der Fahrer – das **Auto selbst**.

Ein Hund bellte, brach ab und legte den Kopf schräg.

Zwei Männer am Kiosk hörten auf zu reden, als sie vorbeigingen, schauten ihnen nach, als spürten sie ein Wort, das nicht ausgesprochen werden konnte, aber im Raum geblieben war.
Jorin und Mira gingen durch die Stadt, ohne Ziel.
Ihre Präsenz veränderte die Rhythmen.
Ampeln schalteten eine Sekunde später.
Ein Papierflieger blieb in der Luft stehen.
Ein kleiner Junge ließ einen Luftballon los – und der fiel zu Boden, anstatt zu steigen.

Im Park setzten sie sich auf eine Bank. Eine Frau auf der Nachbarbank stand auf, ging ein paar Schritte, blieb stehen – und drehte sich dann um.
Sie sah sie an, lange, und sagte: „Ich weiß nicht, warum, aber... danke."
Sie wartete nicht auf eine Antwort.
Sie ging.
Mira sagte: „Die Welt erkennt uns. Nicht mit den Augen. Mit ihrer Struktur."
Jorin nickte.
„Wir sind wie Druckstellen in einem Kissen. Man sieht sie nicht kommen, aber sie bleiben."
Am Nachmittag kehrten sie zurück.
Die Wohnung roch nach Moos.
Keiner von ihnen hatte die Fenster offen gelassen.
Auf dem Boden lag ein Blatt Papier, quadratisch gefaltet.
Sie falteten es auf.
Es war leer.
Aber die Rückseite fühlte sich anders an.
Als sie sie gegen das Licht hielten, erschien etwas – nicht geschrieben, sondern **gedrückt**:

Eine Spirale.
In deren Mitte: ein Punkt.
Nicht rund.
Quadratisch.
Sie verstanden beide:
Dies ist der Impuls zur Ausdehnung.

Die folgende Nacht war schwer.
Nicht unruhig – aber **dicht**.
Jorin lag wach, während Mira schlief.
Er hörte Geräusche in der Wohnung.
Nicht fremd.
Aber **neu**.
Ein Klicken.
Ein Tropfen, der nicht tropfte, sondern **wartete**.
Ein Lichtschatten, der sich umdrehte, ohne
Quelle.
Er setzte sich auf, nahm ein Blatt Papier, schrieb
nicht.
Er legte den Stift daneben.
Und wartete.
Als er am Morgen das Papier aufhob, stand dort
ein Satz:
„Wenn ihr weitergeht, wird die Welt weicher."
Darunter:
Ein Strich.
Ein Haken.
Ein Punkt.
Wie eine neue Sprache.
Eine, die nicht erfindet – sondern erinnert.

Kapitel 19
Ausstrahlung

Es war, als hätte sich etwas umgedreht.
Nicht Mira und Jorin waren es, die die Welt
betraten –
sondern die Welt begann, in ihre Richtung zu
gehen.
Nicht hastig. Nicht laut.
Aber **bestimmt**.
Am dritten Tag nach dem Beginn der Resonanz
veränderte sich die Post.
Nicht im Inhalt – im Papier.
Ein Werbeflyer, der unter der Tür
hindurchgeschoben wurde, war leer.
Nur eine Seite, darauf ein einziger Satz in grauer,
matter Schrift:
„Jemand hat dich berührt, ohne dich zu meinen."
Mira hielt ihn gegen das Licht.
Zwischen den Fasern schimmerte eine Form.
Kein Logo.
Ein Würfel, durchzogen von Wellen.
Nicht regelmäßig.
Nicht gestört.
Aber **wach**.
Sie nickte.
Jorin sagte nichts.
Er ging zum Fenster.
Öffnete es.
Und sah:
Unten an der Hauswand saß ein Mann.
Unauffällig.
Grau gekleidet.
Die Hände im Schoß.

Er sah nicht hoch.

Aber als Jorin sich vom Fenster entfernte, lächelte der Mann –

als hätte er **gespürt**, dass etwas zurückgetreten war.

In den nächsten Tagen wiederholte sich das Phänomen.

Ein Bäcker legte ein Brot in die Auslage –

und es hatte **vier Ecken**.

Nicht gewollt.

Nicht symbolisch.

Es war einfach:

so geworden.

Ein Kind malte mit Kreide auf den Boden.

Als es fertig war, sah man:

eine Spirale, die sich aus kleinen Würfeln formte.

Ein Busfahrer hielt plötzlich an, öffnete die Tür –

obwohl niemand wartete.

Als er in den Rückspiegel sah, murmelte er:

„Da war doch was."

Jorin und Mira sprachen wenig.

Sie mussten nicht.

Die Wohnung veränderte sich weiter.

Die Wände klangen anders, wenn man dagegen klopfte.

Das Wasser hatte einen anderen Rhythmus im Fluss.

Der Boden gab leicht nach, wenn man mit bloßen Füßen ging –

als würde er jeden Schritt prüfen, bevor er ihn trug.

Dann, an einem Morgen, lag ein neuer Stein auf dem Fensterbrett.
Keiner von beiden hatte ihn gelegt.
Er war flach. Oval.
Seine Oberfläche wirkte feucht, obwohl er trocken war.
Er glänzte nicht – aber er **zog Licht an**.
Jorin hob ihn auf.
Er spürte einen leichten Druck im Arm.
Nicht Schmerz.
Ein Hinweis.
Mira sagte:
„Dieser kommt von außen."
Sie legten ihn in die Mitte des Zimmers.
Warteten.
Am Nachmittag kam eine Nachricht.
Nicht digital.
Ein Zettel im Briefkasten.
Kein Absender.
Darauf nur:
„Danke. Mein Vater spricht wieder."
Darunter:
Kein Name.
Nur eine Linie.
Dann zwei Punkte.
Dann eine Lücke.
Sie wussten beide:
Etwas hat begonnen zu fließen.

Die Nächte wurden heller.
Nicht vom Mond.
Nicht von Lampen.
Sondern vom Raum selbst.

Die Luft trug Schimmer.
Die Wände warfen Licht, wo keines war.
Und manchmal, wenn Mira und Jorin gleichzeitig
die Augen schlossen,
sahen sie das Gleiche.
Ein Fenster.
Kein Glas.
Kein Rahmen.
Nur:
Ein Durchgang.

Am elften Tag veränderte sich ein Mensch.
Ein alter Nachbar, der nie gegrüßt hatte,
klopfte leise.
Stand im Flur, schmal, nervös, aber klar.
Er sagte:
„Ich weiß nicht, warum ich hier bin.
Aber ich musste Ihnen etwas sagen."
„Was?", fragte Jorin.
Der Mann zögerte.
Dann sagte er:
**„Seit ein paar Tagen träume ich wieder. Und ich
schlafe besser.
Ich weiß nicht, was Sie tun –
aber tun Sie weiter."**
Er ging.
Kein weiteres Wort.
Mira sah Jorin an.
Und sie sagte:
„Die Strahlen sind angekommen."

Kapitel 20
Die Fernen

Sie kamen nicht auf einmal. Sie kamen nicht in Gruppen. Sie kamen nicht mit Rufen, Fahnen oder Botschaften. Sie kamen wie Wasser durch trockenes Erdreich: leise, suchend, auf etwas zu, das sie nicht kannten, aber bereits in sich trugen. Der erste stand einfach an der Hauswand. Jorin sah ihn aus dem Fenster, sah, wie er die Finger in die Ritzen des Putzes legte, tastend, wie jemand, der einen alten Freund erkennt – durch Berührung, nicht durch Gesicht. Er war jung, vielleicht Anfang dreißig, trug einen Rucksack, der aussah wie aus einer anderen Zeit. Als Jorin hinunterging, drehte sich der Mann nicht um. Er sagte nur: „Ich wusste nicht, dass ich hierher gehöre. Bis ich stehen blieb." Jorin sagte nichts. Er öffnete die Tür. Der Mann kam nicht sofort. Er wartete einen Moment, dann trat er ein. Ohne Gepäck. Ohne Fragen.

Am Tag darauf war es eine Frau, barfuß, mit aufgeplatzten Sohlen, die Mira im Supermarkt begegnete. Sie berührte keine Ware, sah sich nicht um, blieb nur zwischen den Regalen stehen und sagte: „Ist es hier?" Mira nickte. Das reichte. Zwei Stunden später war sie da – ohne zu klingeln, ohne zu klopfen. Sie trat ein, sah die Steine, sah die Linien an den Wänden, setzte sich an den Rand des Raumes und weinte. Nicht aus Schmerz. Aus Bestätigung.

Dann ein Mädchen, vielleicht zwölf Jahre alt, schweigsam, mit einem Spiralblock unter dem Arm, in dem sie Kreise gezeichnet hatte – immer nur Kreise, ineinander, übereinander, als suchte sie in der Form selbst das Versprechen, dass es etwas gibt, das sich nicht verliert. Sie sprach nicht, aber sie konnte hören, wenn niemand redete. Und einmal schrieb sie auf einen Zettel, den sie Jorin unter das Teeglas schob: „Ihr seid nicht der Anfang. Ihr seid das Wort, das man mitten im Satz plötzlich versteht."

So kamen sie, Tag für Tag. Manchmal einzeln, manchmal zu zweit. Nie laut, nie verwirrt, nie enttäuscht. Sie wussten nicht, wer Jorin war. Sie kannten Mira nicht. Aber sie kannten etwas in sich, das leise gebrannt hatte – wie ein Feuer, das keinen Rauch macht, aber nicht zu leugnen ist. Die meisten sagten kaum etwas. Ein Mann sprach den Satz: „Ich war an drei Orten auf der Welt, und keiner davon war dieser." Eine andere sagte: „Ich träume, seit ich fünf bin, von einem Raum ohne Fenster. Hier ist er." Und ein Junge – kaum sechzehn – lächelte nur, legte einen Kieselstein auf das Fensterbrett und verschwand wieder. Auf dem Stein war nichts. Aber in seiner Abwesenheit lag ein neuer Klang im Raum.

Die Wohnung veränderte sich. Nicht im Grundriss. Aber in der Schichtung. Die Luft war dichter, wie vor Regen. Die Wände atmeten gleichmäßig. Die Dinge verschoben sich sanft, fast freiwillig – ein Stuhl stand plötzlich dort, wo jemand ihn nie hingestellt hatte, ein Teelöffel lag exakt auf einer Linie, die niemand gezeichnet hatte. Niemand stellte mehr Fragen. Alle warteten. Nicht passiv. Bereit.

Mira sprach irgendwann: „Wir sind nicht mehr die Träger. Wir sind das Tragen selbst." Jorin sah sie

lange an, dann sagte er: „Wir haben nie
gesammelt. Wir haben angezogen." Die
Menschen in der Wohnung füllten den Raum
nicht. Sie dehnten ihn. Es wurde nicht enger, es
wurde weiter. Jeder neue Körper war kein
Gewicht, sondern eine Ausdehnung. Und in der
Mitte, an jenem Platz, der anfangs nur für einen
Würfel gedacht gewesen war, lagen nun nicht
mehr Steine. Sondern Stücke. Splitter. Flächen.
Gedanken.

Eines Abends – es war warm, windlos – standen
sie alle einfach im Raum. Niemand sprach.
Niemand aß. Es lief keine Musik. Aber jeder von
ihnen wusste: Das hier war eine Form. Eine, die
sich selbst hervorgebracht hatte. Keine Sekte.
Kein Experiment. Keine Bewegung. Nur eine
Anziehung, die aus einem Punkt kam, der nie
definiert worden war – aber nun durch jeden von
ihnen hindurchging.

In dieser Nacht flackerte das Licht der Stadt,
obwohl kein Sturm kam. Laternen flimmerten.
Bildschirme blieben schwarz. Doch in den
Wohnungen ringsherum schliefen die Menschen
besser als sonst. Am nächsten Morgen sagte eine
Frau auf der Straße: „Irgendetwas ist anders. Ich
bin aufgewacht, und mein Kopf war leer. Und
das war schön."

Im Kühlschrank von Jorin stand ein Glas mit
Wasser, das jemand hineingestellt hatte.
Niemand wusste wer. Auf seiner Oberfläche
schwammen drei winzige Bläschen, in perfektem
Abstand. Mira trank es ohne ein Wort, dann stellte
sie das leere Glas auf den Boden, neben die
Zeichnung der Spirale, die inzwischen kaum noch

zu sehen war. Die Linien waren verblasst – aber alle wussten, dass sie noch da war. Wie Musik, die man hört, obwohl sie nicht mehr gespielt wird. Und so kam der Tag, an dem sie wussten: Es beginnt zu wirken. Nicht nur in ihnen. Nicht nur im Raum. Sondern **überall**.

Kapitel 21
Das Zittern

Es begann an den Rändern. Wie Reif am Morgen, der sich nicht mehr nur auf Gräser legt, sondern auch auf Metall, auf Haut, auf Sprache. Die Veränderung war kein Ereignis, kein Einbruch, kein Spektakel – sondern eine feine, kaum wahrnehmbare Vibration, die sich durch die Dinge zog. Zuerst fiel es keinem auf. Und doch spürten alle, dass etwas im Gang war.
Der Fahrstuhl im Nachbarhaus fuhr langsamer. Nicht defekt – bewusster. Türen gingen nicht mehr sofort auf, sondern warteten einen Wimpernschlag. Ampeln schalteten in einem Rhythmus, der sich nicht mehr nach Zeit richtete, sondern nach Nähe. Menschen hielten inne, wenn sie etwas berührten – die Türklinke, das Glas, das eigene Gesicht – und blieben einen Moment in dieser Geste, als könnte darin etwas liegen, das größer war als sie selbst.
Die Menschen, die zu Jorin und Mira gekommen waren – die Fernen, wie Mira sie im Stillen nannte – begannen, sich zu verteilen. Nicht, weil sie fortwollten. Sondern weil sie wussten, dass sie nun selber Linien waren. Jeder von ihnen war zu einem Punkt geworden, aus dem etwas weiterströmen konnte. Sie gingen leise, ohne Abschied. Legten kleine Zeichen in die Räume, in denen sie geschlafen hatten – ein gefaltetes Papier, eine Glasscherbe in der Mitte eines Kreises, ein Stück Schnur. Jorin und Mira sammelten sie nicht ein. Sie ließen sie liegen. Die Wohnung war nicht mehr ein Ort. Sie war eine

Oberfläche geworden, in der Bedeutung geschrieben wurde, ohne Buchstaben.

Eines Morgens trat Jorin hinaus und sah, dass die Straße still war. Kein Auto fuhr. Kein Kind schrie. Kein Vogel rief. Nur das Knacken eines Zweiges unter seinem Schuh. Er sah nach links und bemerkte, dass ein Straßenschild fehlte. Kein Pfahl. Kein Fundament. Nur der Name war weg. Am Tag darauf fehlte der nächste. Eine Woche später hatte die gesamte Straße keinen Namen mehr. Aber alle fanden sie. Alle, die dorthin mussten.

Im Stadtarchiv, so hörte man, waren Akten verschwunden. Nicht gestohlen. Nicht gelöscht. Nur: leer. Und alle betrafen Adressen, in deren Nähe Jorin einmal gewesen war.

Im Bus saß eine Frau mit einem Buch. Auf dem Umschlag: ein Quadrat. Kein Titel. Kein Autor. Die Seiten weiß. Doch sie blätterte. Und weinte.

Mira beobachtete, dass sich das Wasser in der Küche veränderte. Nicht im Geschmack – im Verhalten. Es floss in Mustern. Einmal stand es still im Glas, obwohl sie es schwenkte. Dann bildete es Spiralen, wenn man den Finger hineinlegte. Später entdeckte Jorin, dass der Dampf aus dem Wasserkocher nicht mehr aufstieg – sondern sich wie ein Netz über der Arbeitsplatte legte, als warte er, aufgenommen zu werden.

Auch die Technik begann sich zu verhalten. Bildschirme flimmerten, wenn Mira vorbeiging. Nicht immer. Aber oft genug, dass es keine Störung mehr war. Geräte gingen an, ohne befohlen zu werden. Steckdosen summten. Und im Radio – dort, wo eigentlich Nachrichten laufen sollten – war manchmal für Sekunden ein Rauschen, aus dem sich leise ein Klang herausschälte. Kein Lied. Kein Ton. Etwas wie das Echo eines Würfels, der ins Wasser fiel.

Die Stadt wurde stiller. Nicht leerer. Still.

Gespräche verlagerten sich. Menschen begannen zu flüstern, auch wenn sie nichts zu verbergen hatten. Cafés reduzierten ihre Musik. Kirchen öffneten ihre Türen auch nachts, obwohl niemand kam. Oder: niemand sichtbar.

Und dann geschah es.

In einer Schule schrieb ein Kind auf die Tafel: „Er kommt."

Niemand wusste, wer gemeint war. Der Lehrer fragte, wer das geschrieben habe. Kein Finger hob sich. Die Kreide war kalt. Der Satz verschwand nicht mehr. Er blieb, Tag für Tag. Und in dem Moment, in dem die Direktorin ihn übermalte, stand auf dem Fußboden:

„Ihr seid bereits gesehen."

Jorin sagte dazu nichts. Er wusste, dass es nicht sie waren, die gesehen wurden. Sondern dass durch sie etwas in die Welt getreten war, das nun von selbst beobachtet wurde – nicht von außen, sondern von innen. Die Welt hatte angefangen, sich selbst anzusehen. Nicht mehr durch den Spiegel. Durch das Muster.

Die Steine in der Wohnung bewegten sich nicht. Aber sie veränderten ihre Wirkung. Einmal stellte Jorin fest, dass er durch einen von ihnen hindurchsehen konnte. Nicht im optischen Sinne – sondern im Begreifen. Als er seine Hand darüber hielt, wusste er plötzlich, dass morgen ein Mädchen mit einem Zettel vor der Tür stehen

würde. Und so geschah es. Der Zettel war leer.
Aber der Blick des Mädchens war voll.
Ein anderes Mal hielt Mira einen der Splitter an
ihre Stirn – und hörte in sich einen Satz, den
niemand ausgesprochen hatte:
„Du bist jetzt das, wofür andere beten."
Sie weinte. Kurz. Leise. Und dann wurde sie still.
Nachts flimmerte der Himmel. Nicht sichtbar.
Aber Jorin spürte, wie sich etwas über die Dächer
legte – ein Gitter, aus unsichtbarem Licht, das
sich spannte wie eine neue Ordnung. Und er
wusste: Wenn jemand von außen kam – von sehr
weit außen – dann würde er jetzt wissen, wo die
Erde beginnt, **neu zu denken**.
In einem Museum fielen Bilder von der Wand. Nur
eines blieb hängen: ein leeres, weißes Blatt. Die
Besucher standen davor, stundenlang. Niemand
sagte etwas.
Und in der Stadtverwaltung veränderten sich
Formulare. Ein Feld erschien, das vorher nicht da
war:
„Ort innerer Zugehörigkeit."
Niemand wusste, wie es dorthin gekommen war.
Aber viele begannen, es auszufüllen.
So begann das Zittern. Kein Beben. Kein
Zusammenbruch.
Ein stilles, gleichmäßiges Ausschlagen, wie bei
einer Membran, die von innen zu schwingen
beginnt.
Jorin und Mira saßen abends nebeneinander auf
dem Boden.
Niemand war mehr gekommen.
Niemand war gegangen.
Es war einfach still.

„Was kommt jetzt?", fragte Mira.

Jorin sah sie an.

Und sagte:

„Das, was wir nie wollten – aber immer schon waren."

Dann legte er einen seiner Steine in ihre Hand.

Und sie spürte:

Er ist nicht mehr ein Punkt.

Er ist das Zentrum.

Kapitel 22
Das Muster

Die Dinge lagen nicht mehr still. Sie lagen geordnet – auch wenn niemand sie geordnet hatte. Jorin bemerkte es zuerst bei den Teetassen. Immer, wenn er eine zurückstellte, drehte sie sich leicht. Unmerklich. Doch nach drei Tagen stand der Henkel immer exakt in dieselbe Richtung. Nach Norden. Mira beobachtete, dass die Löffel auf dem Tisch keine Schatten mehr warfen, sondern Licht sammelten. Und auf dem Balkon, wo sie eine Zeit lang getrocknete Blätter gesammelt hatten, erschien in der Mitte ein Kreis – nicht gelegt, nicht geformt, einfach: entstanden.

Es war nicht beängstigend. Nur fremd. Wie eine Schrift, die man erkennt, bevor man sie lesen kann. Als hätte jemand begonnen, durch sie zu sprechen, und sie waren jetzt mehr als Hörer – sie waren Fläche.

Das Muster war keine Zeichnung, kein Plan. Es war Verhalten. Ausrichtung. Wiederkehr. Menschen begannen, Dinge zu tun, ohne es zu erklären. Ein Mann setzte sich jeden Tag um 11:17 Uhr auf dieselbe Bank. Eine Frau ging nur noch den langen Weg zur Arbeit, obwohl der kurze schneller war – „weil es sich besser anfühlt". Kinder bauten in Sandkästen Linien aus Steinen, immer sieben aneinandergereiht, mit einem Abstand von zwei Fingern. Niemand brachte es ihnen bei. Aber es geschah.

An einem Sonntag standen plötzlich fünf Menschen vor Jorins Wohnung. Keine Einladung.

Kein Signal. Sie hatten sich nicht verabredet, sie kannten sich nicht. Einer trug ein Stück Holz. Eine andere eine zerknüllte Landkarte. Die dritte hatte ein Kreisdiagramm auf der Haut tätowiert, von dem sie selbst nicht wusste, was es bedeutete. Jorin öffnete. Sagte nichts. Sie traten ein. Setzten sich. Blieben drei Stunden. Dann standen sie auf. Und gingen. Nichts wurde gesprochen. Aber alles war gesagt.

Mira nannte es „Gewebe". Nicht System. Nicht Ordnung. Sondern ein lebendiger Zusammenhang, der keine Mitte, keinen Rand, keine Richtung mehr brauchte. Er war da – und je mehr Menschen sich still hineinstellten, desto spürbarer wurde er.

In der Stadt begannen sich bestimmte Orte zu verändern. Ein alter Busbahnhof wurde plötzlich zum Treffpunkt für Menschen, die sonst nie miteinander gesprochen hätten. Eine Bibliothek hatte plötzlich doppelt so viele Besucher – obwohl keine neuen Bücher angeschafft wurden. Ein leerstehendes Gebäude wurde geöffnet, ohne Plan, ohne Träger – und füllte sich mit Stimmen. Nicht laut. Aber wach.

In Behörden tauchten Briefe auf, ohne Absender. „Ich weiß, was ihr fühlt. Ihr seid nicht allein." Es war keine Unterschrift darunter. Aber manchmal ein Zeichen: ein halbes Quadrat, ein Punkt, eine Linie, die über den Rand des Papiers hinauslief. Manche nannten es Zufall. Andere Wahn. Aber niemand konnte es stoppen. Denn es war kein Strom, der floss – es war **Resonanz**. Eine Übereinstimmung, die nicht gesucht, sondern gefunden wurde.

Ein Arzt erzählte, dass ein Patient plötzlich wusste, was mit ihm war – ohne Diagnose. Ein Taxifahrer sagte, er könne die Gedanken derer hören, die nicht sprechen wollten – aber nicht als Worte. Als Richtung. Eine Lehrerin ließ ihre Schüler still sitzen, ohne Aufgabe, fünf Minuten jeden Tag – und sie wurden besser. Nicht klüger. **Klarer.**

Jorin und Mira zogen sich zurück. Nicht aus Ablehnung. Sie wussten, dass sie nicht mehr die Mitte waren. Sie hatten nur den ersten Stein gelegt. Jetzt sprach das Feld. Der Würfel war überall.

Eines Abends, als der Himmel voller Licht war, obwohl keine Sterne zu sehen waren, gingen sie durch die Straßen. Die Pflastersteine unter ihren Füßen vibrierten leicht. Sie hielten an einer Kreuzung, an der nichts geschah, und wussten: Hier ist eine Linie. Hier beginnt etwas, das sich fortsetzt. Nicht gerade, nicht gebogen – sondern genau so, wie es gehen muss.

Jorin sagte: „Das Muster ist nicht, was man sieht. Es ist das, was man nicht mehr anders kann."

Und Mira antwortete: „Und was einen trotzdem frei macht."

Sie standen lange dort. Sagten nichts mehr. Aber der Boden unter ihnen begann, leise zu glühen. Kein Licht. Eine Ahnung.

Kapitel 23
Das Erwachen

Das Licht veränderte sich zuerst.
Nicht das Licht der Sonne. Nicht das elektrische,
das durch Lampen floss oder durch Bildschirme
blinkte. Es war das Licht zwischen den Dingen.
Das, das auf Bücher fiel, wenn man sie nicht las.
Das, das auf Gesichter lag, wenn sie weggedreht
waren. Es wurde dichter. Als hätte es
beschlossen, nicht mehr nur Helligkeit zu sein –
sondern ein Mittel, um auf sich aufmerksam zu
machen.
Jorin bemerkte es, als er in der Küche stand und
seine Hand bewegte. Der Schatten, den sie warf,
folgte ihr nicht mehr exakt. Er war langsamer.
Träge. Und als er stillstand, zitterte der Schatten
noch einen Moment – wie ein Echo, das sich
weigert, zu verklingen.
Er rief Mira. Sie kam, stellte sich daneben.
Schweigend. Dann hob sie die Tasse, aus der sie
gerade getrunken hatte. Der Rand hatte sich
leicht verschoben – nicht in der Form, sondern in
seiner Bedeutung. Es war noch eine Tasse. Aber
sie fühlte sich an wie ein Zeichen. Als wäre sie nie
dafür gedacht gewesen, zu trinken. Sondern um
gelesen zu werden.
Mira stellte sie hin. Auf das Fensterbrett. Daneben
lag ein kleiner Stein, der vorher nicht dort
gewesen war. Nicht würfelförmig. Flach,
kreisrund. Seine Oberfläche war gerillt – wie Haut,
die sich oft erinnert. Er glänzte nicht. Und doch
lenkte er das Licht auf sich, ohne es zu beugen.

Sie berührte ihn nicht. Sie sah ihn nur an. Und Jorin verstand, dass dieser Stein nicht für sie war. Nicht für ihn. Er war einfach da. Als Anwesenheit. Nicht als Botschaft.

Am nächsten Tag regnete es. Nur über ihrem Haus. Kein Regenradar zeigte etwas. Keine andere Straße war nass. Aber ihre Fenster waren beschlagen, und auf den Scheiben sammelten sich Tropfen, die in seltsamen Mustern flossen. Nicht senkrecht. Nicht chaotisch. Jeder Tropfen schien zu wissen, wo er hinmusste. Und manche von ihnen hielten an. Mitten auf der Fläche. Als wollten sie gesehen werden.

Jorin holte ein Stück Papier. Legte es vorsichtig gegen das Glas. Als er es wieder wegnahm, war darauf nichts zu sehen. Aber das Papier war schwerer. Er hielt es in der Hand. Spürte das Gewicht. Und wusste, dass in ihm eine Information lag, die nicht für das Auge bestimmt war.

Am Abend leuchteten die Pflanzen im Wohnzimmer. Kein Glühen, kein Schein – aber sie wirkten wacher. Ihre Blätter drehten sich nicht mehr nur zum Licht. Sie folgten Bewegungen. Wenn Mira vorbeiging, richteten sich die Spitzen nach ihr aus. Als würden sie sie erkennen. Und einer der Farne öffnete ein Blatt, das vorher nicht sichtbar gewesen war. In seinem Innern: eine kleine, schwarze Linie. Gerade, zitternd. Jorin nannte sie „die erste Wurzel des neuen Sehens".

In der Stadt begannen Orte sich zu verändern. Aber nicht durch Eingriffe. Durch Verhalten. Ein leerstehendes Lagerhaus wurde von Menschen besucht, die sich dort hinsetzten, ohne zu reden.

Niemand hatte es vorgeschlagen. Sie kamen.
Setzten sich. Manchmal nur für zehn Minuten.
Dann gingen sie wieder. Am dritten Tag stand an
der Wand ein Satz, der niemandem gehörte:
„Hier beginnt die Tiefe."
In einem unterirdischen Gang, der lange
versiegelt war, brach plötzlich der Putz. Dahinter:
eine Höhlung. Darin lag nichts. Und doch standen
Menschen davor, als hätten sie etwas verloren.
Manche weinten. Andere nickten. Einer sagte:
„Ich wusste, dass es so aussieht."
Dann begannen die Spiegel, langsamer zu
reagieren. Man sah sich noch – aber mit
Verzögerung. Ein Lächeln erschien erst, nachdem
man es schon nicht mehr fühlte. Ein Blinzeln
dauerte länger. Und manchmal – ganz selten –
sah man in ihnen nicht sich. Sondern etwas, das
einem ähnlich war. Das man kannte. Aber nie
gesehen hatte.
In der Bibliothek begannen die Bücher, die keiner
ausgeliehen hatte, sich zu verschieben. Nicht von
allein – aber in ihrer Bedeutung. Titel, die man nie
beachtet hatte, lagen plötzlich vorn.
Aufgeschlagen. Auf Seiten, die Sätze trugen wie:
„Was du suchst, bist du schon." Oder: „Nicht jede
Form braucht ein Gefäß."
Jorin ging nicht mehr einkaufen. Menschen
brachten Dinge. Still. Legten sie vor die Tür.
Manchmal nur einen Apfel. Einen Stein. Einen
Brief. In einem stand: „Ich erinnere mich, bevor
ich da war." Es war unterschrieben mit einem
Kreis, in dem ein kleiner Pfeil nach innen zeigte.
Mira sprach nicht mehr viel. Sie lächelte oft. Aber
still. Wenn sie schlief, zuckten ihre Hände leicht –

als wollte sie in der Dunkelheit schreiben. Und Jorin wusste, dass sie träumte. Aber nicht allein. Denn er träumte mit. Nicht dieselben Bilder. Aber dieselbe Richtung. Beide hatten die gleiche Bewegung in sich – wie zwei Fische, die im selben Wasser auf etwas zusteuerten, das sich nicht sehen ließ, aber lockte wie Wärme im Winter.

Und dann, eines Nachts, kam der Klang.

Nicht als Ton. Als Druck. Er legte sich auf die Räume. Auf den Körper. Auf das Denken. Nicht schmerzhaft. Nicht bedrohlich. Aber eindeutig. Wie ein tiefes, langsames Summen, das man nicht hört, aber das einen verändert, wenn man lange genug darin sitzt.

Jorin wachte auf. Mira saß schon aufrecht. Ihre Augen offen. Kein Erschrecken. Nur Staunen.

„Es kommt", sagte sie.

Und er antwortete nur: „Es war nie weg."

Am nächsten Morgen war das Wasser aus dem Hahn leicht trüb. Nicht verschmutzt. Nur anders. Es schmeckte nicht nach Eisen, nicht nach Erde. Es schmeckte wie Erinnerung. Als hätte man es schon einmal getrunken. In einem Moment, den es noch nicht gibt.

Die Luft draußen war schwerer. Nicht drückend. Tragend. Wie eine Decke, die man nicht mehr von sich werfen will, obwohl man wach ist. Die Straßen schienen länger. Die Häuser atmeten langsamer. In den Fenstern bewegten sich Schatten – nicht menschlich, aber bekannt.

Und in den Herzen derer, die spürten, begann etwas zu schlagen, das nicht rhythmisch war, nicht gleichmäßig – aber wahr. Eine Art zweites Herz. Tiefer. Heller. Älter.

Ein Mann schrieb auf eine Mauer: „Ich bin bereit." Darunter: nichts. Drei Tage später stand dort: „Wir auch."

Kapitel 24
Das Erinnern der Welt

Die Erde hatte nicht gesprochen. Sie hatte nicht gebebt. Keine Risse, keine Flammen, kein Himmel, der sich rot verfärbte. Aber es war da – das Uralte. Nicht in einem Bruch. In einer Erinnerung. Nicht plötzlich, sondern wie eine Stimme, die sich zurückhält, um sicherzugehen, dass man still genug geworden ist.

In der dritten Nacht nach dem Klang – dem Druck, der durch die Räume gesickert war – begannen Jorin und Mira zu spüren, dass nicht mehr sie es waren, die auf Empfang waren. Es war die Welt selbst, die sich neu ausrichtete. Nicht durch sie, sondern um sie.

Mira saß im Flur und hielt ein Blatt Papier, das aus dem Bücherregal gefallen war. Darauf stand kein Wort. Nur vier kleine Punkte, in einer Linie, leicht versetzt, wie ein Weg, der nicht gerade gehen will. Sie fuhr mit dem Finger darüber, und der Raum wurde für einen Moment leiser. Als hätte jemand die Lautstärke der Zeit gedämpft.

„Was ist das?" fragte Jorin. Nicht aus Unwissen, sondern weil er hören wollte, wie Mira es formulieren würde.

Sie sah ihn nicht an, sagte aber: „Ein Satz, bevor er ausgesprochen wird."

Er verstand.

Draußen war alles stiller. Nicht nur die Stadt, sondern die Dinge selbst. Metall klang dumpfer. Glas splitterte anders. Türen quietschten nicht mehr, sie atmeten. In einem Café, in dem Jorin früher manchmal Tee getrunken hatte, stellte

eine Frau ihre Tasse ab – und der Ton klang, als
hätte jemand ein Wort zu Ende gedacht.

In den Nachrichten war nichts zu hören. Keine
Rede. Kein Bericht. Nur ein Hinweis: „Bitte
überprüfen Sie Ihr Empfinden. Es kann zu leichten
Verschiebungen kommen." Dann Schweigen.

Ein Kind schrieb in der Schule mit Kreide auf den
Boden: „Der Himmel ist ein Spiegel." Niemand
wusste, warum. Aber der Satz blieb. Und niemand
trat darauf.

Die Pflanzen in der Wohnung begannen, sich
nicht mehr nach Licht zu drehen, sondern nach
Bewegung. Wenn Mira vorbeiging, folgten sie ihr.
Blätter, die sich öffneten, nur wenn sie im Raum
war. Ein Farn, der sich kräuselte, wenn Jorin eine
Frage dachte.

Eines Nachts stand Mira auf. Sie war nackt,
barfuß, das Haar ungebunden. Sie trat auf den
Balkon, blickte in den Himmel. Kein Stern. Keine
Wolken. Nur ein Grau, das sich langsam zu
drehen begann – nicht sichtbar, aber fühlbar.
Ihre Augen wurden groß. Nicht aus Angst. Aus
Erinnerung.

„Ich hab das schon einmal gesehen", sagte sie.

Jorin trat hinter sie. Legte eine Hand auf ihre
Schulter.

„Ich glaube, ich auch."

Dann schwiegen sie. Und lauschten. Auf etwas,
das nicht zu hören war – aber überall war.

In einem Wald, fernab der Stadt, begann ein
Bach zu singen. Nicht laut. Nur hörbar für jene,
die nie gezweifelt hatten. Zwei Menschen gingen
vorbei. Einer blieb stehen. Sagte: „Da ist eine

Stimme." Der andere fragte nicht: „Was sagt sie?" Er fragte: „Wie lange schon?"

Ein alter Mann in einer Pflegeeinrichtung lächelte plötzlich. Er hatte seit Jahren nicht mehr reagiert. Dann sagte er einen Satz, den niemand verstand. Und der Pfleger, der ihn hörte, begann zu weinen – ohne zu wissen, warum.

In einer Bibliothek fiel ein altes Buch vom Regal. Es war leer. Auf der Innenseite des Umschlags stand nur: „Jetzt beginnt es zu erinnern."

Die Welt wachte nicht auf. Sie begann, sich zu erinnern, dass sie nie geschlafen hatte.

Der Wind wurde langsamer. Das Licht blieb länger auf Flächen liegen, als hätte es sich entschlossen, nicht mehr zu eilen. Die Zeit begann zu taumeln. Termine wurden abgesagt, ohne Grund. Bahnen standen still. Und niemand beschwerte sich. Als hätte man plötzlich verstanden, dass Bewegung nichts bringt, wenn man nicht weiß, woher man kommt.

Mira begann zu schreiben. Nicht auf Papier. Sie legte Linien aus Schnüren, aus Blättern, aus Staub. Jorin verstand sie nicht. Aber er wusste, dass sie etwas tat, das getan werden musste. An einem Morgen war auf dem Fußboden ein Muster entstanden. Ein Kreis, darin ein Viereck, darin zwei Punkte – übereinander, nicht nebeneinander.

Er fragte: „Was heißt das?"

Sie sah ihn an. „Dass es zwei gibt, die nicht getrennt sind."

Jorin setzte sich daneben. Legte die Hand in den Kreis.

Es wurde warm. Nicht im Raum. In ihm.

Und dann hörte er es. Nicht mit den Ohren. Mit der Haut.
Ein Flüstern.
Nicht Worte.
Ein Denken.
Nicht neu.
Nur vergessen.
Er sagte: „Es erinnert sich."
Mira nickte. Und weinte.

Kapitel 25
Der Punkt

Es war der Tag, an dem der Wind nicht mehr kam. Nicht, weil er fortgeblieben wäre. Sondern weil er in sich selbst gekehrt war – wie ein Atem, der innehält, nicht aus Angst, sondern aus Achtsamkeit. Die Bäume bewegten sich trotzdem. Ganz leicht. Nicht vom Wetter. Vom Innern her. Als würde etwas durch sie gehen, das von weit unten kam.

Mira saß auf dem Boden und sortierte Staub. Nicht mit Absicht. Ihre Finger bewegten sich über die Fläche, und aus der Bewegung entstand Ordnung. Kleine Linien, Spiralen, Wege, die sie selbst nicht ansah. Jorin stand am Fenster. Das Licht war gelblich, weich, aber nicht schwach. Es hatte an Kraft gewonnen, ohne heller zu werden. Die Dinge warfen Schatten, aber die Schatten lagen nicht mehr nur neben ihnen – sie lagen **in** ihnen. Der Raum hatte begonnen, sich zu falten.

„Was suchst du?" fragte Mira, ohne aufzusehen. Jorin antwortete nicht sofort. Dann sagte er: „Einen Punkt. Ich spüre, dass er näher rückt."

Sie nickte.

„Er ist schon da. Du wartest nur noch auf den Namen."

Draußen stand ein Junge mit geschlossenen Augen auf der Straße. Die Arme locker neben dem Körper, die Schultern entspannt. Menschen gingen vorbei. Einer blieb stehen. Dann ein zweiter. Bald waren es zehn. Keiner sprach. Keiner sah sich an. Sie standen einfach. Und warteten.

Dann ging einer. Und der Rest folgte.
Keine Versammlung.
Nur ein Moment, der sich nicht lösen ließ –
sondern nur weiterziehen.
In der Nacht träumte Jorin von einem Loch. Nicht
dunkel. Licht war darin, aber es fiel nicht. Es
stand. Und in diesem Licht: eine Form. Kein
Körper. Keine Stimme. Eine Art Wurzel, die nicht
wuchs – sondern ruhte. Und er verstand: Der
Punkt ist kein Ort. Der Punkt ist eine Entscheidung.
Ein Innen, das beginnt, sich selbst zu formen.
Am nächsten Tag kam ein Brief. Kein Absender.
Aufgeschlagen, nicht versiegelt. Innen: nur ein
Satz.
„Dort, wo niemand hingeht, liegt das Zentrum."
Sie wussten beide, was gemeint war. Es war nicht
geografisch. Nicht geheim. Sondern klar. Es lag
dort, wo man nicht schaut – nicht aus
Vermeidung, sondern aus Gewohnheit. Es lag
hinter dem Nächsten.
Sie gingen nicht los. Der Weg war nicht
körperlich. Er geschah in ihnen, durch
Wiederholung, durch Reduktion. Mira sprach
kaum noch. Sie zeichnete mit Wasser auf Fenster.
Die Tropfen blieben haften. Sie liefen nicht mehr.
Als würde die Schwerkraft sich weigern, sie zu
beanspruchen.
Jorin begann, Linien zu zählen. Die Fugen
zwischen Fliesen. Die Muster in Stoffen. Er stellte
fest, dass sie sich wiederholten. Immer nach 16.
Dann wieder nach 4. Dann plötzlich: nach 1. Alles
führte in sich zurück. Alles deutete auf einen
Mittelpunkt, der nicht zu sehen war – aber

fühlbar. Mit der Kehle. Mit dem Zwerchfell. Mit dem Raum hinter den Augen.

In einem Buch, das er nie gekauft hatte, fand er eine Karte. Keine Orte. Keine Namen. Nur Kreise. Kreise in Kreisen. Und ganz in der Mitte: eine Falte im Papier, die sich nicht glätten ließ.

Er legte die Karte auf den Boden. Mira trat hinzu.

„Du hast ihn gefunden."

„Den Punkt?"

„Nein. Die Richtung."

Der Punkt, so begannen sie zu verstehen, war nicht etwas, zu dem man geht. Es war das, **was kommt**, wenn man still genug wird. Wenn man nicht mehr wissen will. Wenn man nicht mehr fragt, wohin.

Und dann – in der dritten Nacht – wurde der Punkt fühlbar.

Nicht im Körper.

Im Raum.

Der Tisch war plötzlich zu groß. Der Boden zu weich. Die Luft dicker. Der Atem flacher. Und doch war keine Beklemmung da. Nur ein Ziehen. Ein Sog. Ein Zentrum, das sich nicht zeigt, aber alles auf sich ausrichtet.

Jorin trat hinaus. Es war still. Die Straße leer. Doch über den Häusern lag ein Bogen. Nicht aus Licht. Aus Richtung. Er konnte ihn nicht sehen. Aber seine Füße trugen ihn entlang, als folgten sie einem Pfad, den kein Pflaster legte.

Er ging.

Und in ihm ging etwas mit.

Etwas Altes. Etwas Wurzelndes.

Dann stand er vor einem alten Gebäude. Ein
Lager. Eingefallen. Leer.
Aber nicht mehr leer.
Im Innern: Stille. Und in der Mitte: nichts.
Aber das Nichts war nicht leer.
Es war: **gelenkt.**
Er trat ein.
Stellte sich in den Raum.
Und spürte, wie die Welt **auf ihn zuging.**
Der Punkt war nicht hier.
Aber er hatte sich ihm genähert.
Und etwas in ihm hatte geantwortet.

Kapitel 26
Die Linien sprechen

Der Raum war leer. Aber nicht still.
Jorin stand in der Mitte der alten Halle, die keine
Fenster hatte, nur Öffnungen, durch die Licht fiel,
wie es sonst nur in Träumen geschieht:
gebrochen, vorsichtig, ohne Quelle. Der Staub in
der Luft bewegte sich nicht. Oder er bewegte
sich nach Regeln, die nicht dem Wind
gehorchten. Jorin hob die Hand – langsam, wie
um ein Tier nicht zu verscheuchen – und fuhr
durch das Licht. Kein Widerstand. Aber ein
anderer Druck.
Er schloss die Augen. Atmete. Und da war es
wieder. Das Zittern. Nicht außen. Nicht in ihm.
Sondern zwischen beidem.
Ein feines, streifendes Signal. Nicht hörbar. Nicht
sichtbar. Aber deutlich: **eine Linie**.
Nicht die Linie eines Weges. Nicht die Linie eines
Gedankens. Sondern: **eine Form, die geht.**
Er wusste sofort: Dies war keine Einbildung. Kein
Impuls aus seinem Inneren. Es war eine Berührung
von außen – nicht fest, nicht hart, aber da. Und
sie sprach. Nicht in Sätzen. In Wiederholungen. In
Flüssen. In Spannungen.
Er öffnete die Augen.
Auf dem Boden: Staub. Splitter. Zerfallene Bretter.
Aber jetzt sah er mehr.
Eine Spur.
Ein Muster im Staub, das nicht von Schuhen
stammte. Keine Tierspur. Keine Schleifspur. Eine
gezogene Linie – wie von einer Feder, die durch
die Luft schwebt, aber im Dreck schreibt. Sie bog

114

sich. Wand sich. Und führte zu nichts. Oder: noch zu nichts.

Jorin folgte ihr.

Nicht mit dem ganzen Körper.

Nur mit dem Blick.

Dann mit dem Kopf.

Dann mit den Füßen.

Dann mit dem Atem.

Als er an ihr entlangging, fühlte er, wie sein rechter Fuß stärker wurde. Wie sein Herz leicht aus dem Takt geriet. Wie die Luft sich verdichtete.

Nicht als Gefahr.

Als **Ankündigung.**

Und dann – stand er.

Nicht weil er es wollte.

Weil die Linie endete.

Oder: begann.

Unter ihm lag eine Platte. Metall. Eingelassen in den Boden.

Er hatte sie nicht gesehen.

Sie war nicht sichtbar.

Aber sie war: **spürbar.**

Sie war rund.

Aber nicht glatt.

Und in der Mitte: eine kleine Erhebung.

Kaum fühlbar unter dem Schuh.

Er kniete nieder. Legte die Hand darauf.

Und sofort sah er:

Eine Bewegung in seinem Kopf. Kein Bild. Keine Stimme. Eine Falte.

Wie ein Blatt Papier, das sich selber liest.

Wie ein Pfad, der nicht von A nach B führt – sondern von A nach **tieferem A.**

Er hörte nichts.
Aber er verstand: **Geh.**
Nicht irgendwohin.
Nicht jetzt.
Aber: **Geh.**

Er verließ die Halle.
Der Tag war weitergezogen. Die Luft war klar.
Menschen gingen vorbei. Keiner sah ihn an. Und
doch: sie spürten ihn. Wie ein Ton, den man nicht
kennt, aber als Erinnerung trägt.
Zuhause saß Mira am Tisch. Vor ihr: ein Kreis.
Gezeichnet mit feuchtem Tuch auf der
Tischplatte. Er verdunstete nicht. Er blieb.
Sie sagte nichts.
Er auch nicht.
Doch ihre Körper wussten voneinander.
Er setzte sich. Sah sie an.
Dann sprach sie leise, aber ohne Zögern:
„Du hast ihn gespürt."
„Ja."
„Und du wirst gehen."
Er nickte.
Langsam.
Aber sicher.
Sie stand auf.
Ging zum Fenster.
Blieb dort.
„Ich bleibe", sagte sie.
Nicht wie eine Erklärung.
Wie ein Beitrag zur Struktur.

Die nächsten Tage waren ruhig.
Jorin bereitete nichts vor.

Er verließ nichts.

Er nahm nichts mit.

Aber in ihm war alles **aufgerichtet**.

Wie ein Magnet, der zu wirken beginnt, bevor man weiß, was er anzieht.

Er ging durch die Straßen. Beobachtete nichts.

Aber alles antwortete.

Eine alte Frau sagte im Vorübergehen:

„Du hast es bei dir. Es wird nicht leicht."

Ein Kind schaute ihn an und nickte. Ohne Grund.

Ein Hund bellte nicht. Er setzte sich und sah ihm nach, als wolle er warten, bis er wieder zurückkommt.

Jorin wusste: Es beginnt.

In der vierten Nacht trat er hinaus.

Keine Tasche.

Kein Mantel.

Nur die Schuhe, die seit Tagen an der Tür gestanden hatten – als warteten sie auf einen Boden, den sie kennen.

Er ging.

Nicht schnell.

Nicht weit.

Aber jeder Schritt war: **Antwort.**

Straßen, die sich zu wölben schienen.

Laternen, die flackerten, sobald er unter ihnen stand.

Briefkästen, auf denen plötzlich Zeichen lagen: Steine, Münzen, Federn.

Nicht hingelegt. Aber dort.

Und dann: die Linie.

Auf dem Asphalt.
Kaum sichtbar.
Aber da.
Sie führte ihn.
Durch Gassen.
An Zäunen vorbei.
Unter einer Brücke hindurch, wo ein einzelner
Tropfen so fiel, dass er auf seiner Schulter landete.
Kalt.
Wach.
Dann:
Ein Hügel.
Kahl.
Leise.
Mitten in der Stadt – und doch nicht dort.
Er stieg hinauf.
Oben: nichts.
Doch genau dort –
im Zentrum: eine Vertiefung.
Flach.
Erdfarben.
Trocken.
Jorin stellte sich hinein.
Und die Welt wurde still.
Nicht leiser.
Still.
Dann begann die Linie zu sprechen.
In ihm.

Kapitel 27
Das Tun

Er stand in der Vertiefung, ohne sich zu bewegen, nicht weil etwas ihn hielt, sondern weil es keinen Grund mehr gab, sich zu lösen. Die Luft war weich, aber gespannt, wie ein Tuch, das sich über die Welt gelegt hatte, um sie neu zu formen. Nichts geschah. Und doch geschah alles. Denn in diesem Moment, in diesem Radius von vielleicht vier Metern, war die Wirklichkeit eine andere geworden. Eine, die ihn nicht mehr fragte, was er wollte – sondern eine, die ihn annahm, wie ein Werkzeug, das lange gelegen hatte und nun wieder berührt wurde. Jorin hörte nichts. Doch in ihm war Bewegung. Kein Gedanke, keine Stimme, keine Richtung. Nur eine Spannung, die von weit her kam, vielleicht von der Linie, vielleicht von tiefer – von weiter unten, von weiter oben, von dort, wo das Erinnern in Tun übergeht. Es war keine Aufgabe. Es war eine Fortsetzung. Nicht er wurde gebraucht – sondern etwas in ihm war bereits unterwegs gewesen, lange, durch Zeiten, durch Räume, durch andere Körper vielleicht, durch andere Leben. Und nun war es da. Nicht laut. Nicht fordernd. Nur da.
Sein rechter Fuß begann sich zu bewegen. Ganz leicht. Als würde der Boden unter ihm zittern. Aber es war nicht der Boden. Es war der Wille, weiterzugehen. Der Impuls, einen Schritt zu setzen, ohne zu wissen, wohin. Er hob das Bein, senkte es – einen halben Meter weiter. Und in diesem Moment, in dem sein Gewicht sich verlagerte, spürte er: Es war richtig. So wie das

Atmen manchmal genau dann bewusst wird, wenn es neu zu beginnen scheint. Sein Körper wusste es. Seine Schultern richteten sich auf. Sein Blick wurde ruhig. Und sein Gang setzte ein. Nicht eilig. Nicht gezielt. Aber mit einer inneren Richtung, die tiefer war als Absicht. Er war unterwegs.

Die Stadt nahm ihn nicht wahr. Doch sie wich ihm aus. Türen waren offen, wenn er ankam. Grünphasen an Ampeln begannen, bevor er sie erreichte. Hunde legten sich hin, wenn er vorbeiging. Und Menschen schauten nicht weg, aber durch ihn hindurch – als wäre er bereits Teil von etwas, das sie selbst ahnten, aber noch nicht erinnern konnten. Er sah nichts Besonderes. Nur Häuser. Fensterscheiben. Fahrräder. Alltäglichkeit. Und doch war alles anders. Denn die Linie, die er spürte, zog sich weiter. Nicht am Boden. In ihm. Und sie führte ihn, nicht als Weg, sondern als **Notwendigkeit**.

Er betrat ein Gebäude. Irgendeines. Eine Tür war offen. Der Flur leer. Am Ende: eine Wand. Und an dieser Wand ein Zettel. Nur ein Wort: „Jetzt." Kein Absender. Kein Symbol. Nur diese vier Buchstaben. Und sie zogen ihn weiter. Nicht in einen Raum. In einen Zustand.

Er trat durch eine andere Tür. Ging eine Treppe hinab. Dann durch einen Kellerflur. Und dort – ganz hinten – saß jemand auf einem Stuhl. Ein alter Mann. Oder ein sehr junger. Jorin konnte es nicht sagen. Das Gesicht war ruhig. Die Hände lagen auf den Oberschenkeln. Und er sagte, ohne aufzublicken: „Du bist angekommen."

Jorin blieb stehen.

„Was soll ich tun?"

„Du hast es schon begonnen."

„Was ist es?"

„Es wird sich durch dich vollziehen."

„Was genau?"

Der Mann hob den Kopf. Die Augen waren hell. Und still.

„Du wirst den Punkt setzen."

Mehr sagte er nicht.

Er stand auf. Ging an Jorin vorbei. Berührte ihn nicht. Doch als er die Tür verließ, war der Raum ein anderer.

Jorin setzte sich auf den Stuhl.

Er war warm.

Und als er saß, wusste er: Jetzt beginnt es.

Er schloss die Augen. Sah kein Licht. Sah kein Bild. Aber ein Ton kam – nicht in sein Ohr, sondern durch seine Wirbelsäule.

Ein tiefes Dröhnen, das sich nicht in Lautstärke äußerte, sondern in Form.

Und diese Form sagte:

Du wirst einen Stein legen.

Irgendwo.

Irgendwann.

Aber du wirst es wissen.

Und in dem Moment verstand Jorin, dass dies der ganze Sinn war. Kein Ziel. Kein Ort. Keine Erklärung. Sondern ein einzelner Akt, der aus allem kam, was war. Und wieder hinausführte in alles, was noch werden würde.

Kapitel 28
Der Ort

Er stand auf, als wüsste der Stuhl selbst, wann genug gesessen worden war. Kein Knarren, kein Widerstand. Nur dieses Gefühl, dass der Körper sich vom Holz löst wie eine Wurzel aus Erde, die lange genug gehalten hatte. Jorin streckte sich nicht. Er richtete sich nicht auf. Er war aufgerichtet. Alles in ihm war bereit, aber nichts in ihm war unruhig. Er trat hinaus. Durch dieselben Türen, durch dieselben Flure, durch dieselbe Welt – und doch war alles anders.
Denn nun war alles **gerichtet**.
Nicht ihm zugewandt.
Sondern in eine gemeinsame Mitte.
Er wusste, dass es keinen Zettel mehr geben würde, keine Stimme, kein Zeichen. Von jetzt an war alles bereits da – das Wie, das Wann, das Wo. Nur das **Gehen** fehlte noch. Er würde wissen, wann der Moment kommt. Er musste ihn nicht suchen. Nur **dorthin werden**.
Mira sah ihn nicht, als er zurückkam. Sie stand am Fenster, sprach mit einer Amsel, die auf der Brüstung saß. Vielleicht sprach sie nicht. Vielleicht war es nur ihre Anwesenheit, die genügte. Jorin stellte sich hinter sie. Sie drehte sich nicht um. Sagte: „Der Stein ist bereits in dir." Und Jorin nickte, obwohl sie es nicht sah.
Er ging in sein Zimmer, öffnete keine Schublade, holte nichts hervor. Er hatte nichts vorbereitet. Kein Werkzeug. Kein Rucksack. Er wusste, dass er den Stein nicht tragen würde – **der Stein würde sich selbst tragen, durch ihn**. Und dass der Ort

nicht sichtbar war, solange er nicht ging. Dass er nur im Gehen entstehen würde. Wie eine Brücke, die sich erst bildet, wenn man den Fuß ins Leere setzt.

Und so ging er. Nicht in eine Richtung, sondern **durch einen inneren Fluss**. Die Stadt veränderte sich nicht. Doch sie wurde offener. Geräusche begannen, sich aufzulösen. Gespräche auf den Straßen wurden leiser, sobald er näher kam. Ampeln blieben grün. Türen standen einen Moment länger offen. Sogar der Wind, der ihn bisher begleitete, ließ nach – als wisse auch er, dass dies ein Weg war, der nicht begleitet werden sollte, sondern **innerlich zu durchschreiten** war.

Er verließ das Zentrum, ging an Plätzen vorbei, die er kannte, aber nicht mehr erkannte. Jeder Ort war anders. Nicht in Farbe, nicht in Struktur – aber in Bedeutung. Jedes Haus, jeder Weg schien ihm zu sagen: „Ich bin nicht der Ort." Und so ging er weiter. Mit jedem Schritt veränderte sich die Luft. Sie wurde schwerer. Oder tiefer. Wie Wasser, das kälter wird, je näher man dem Grund kommt. Einmal blieb er stehen. An einer Kreuzung. Kein Mensch weit und breit. Kein Auto. Nur eine Krähe auf einem Straßenschild. Er dachte: Vielleicht hier? Aber sein linker Fuß zuckte leicht, als würde er sich selbst zurückziehen. Noch nicht. Noch nicht.

Er ging weiter.

An einem Fluss entlang, über eine alte Brücke, unter der das Wasser so langsam floss, dass es fast stand. Am anderen Ufer wartete niemand. Doch als er hinübertrat, spürte er, dass etwas zurückblieb. Etwas, das nicht mitkam. Nicht aus Trauer. Aus Klarheit.

Er betrat ein Gelände, das seit Jahren still lag. Ein Industriegelände, rostend, wachsend im Stillstand. Niemand hatte es berührt. Doch es hatte sich verändert. Nicht durch Hand. Durch **Warten**.

Er ging durch das Gras, das ihm über die Knöchel reichte. Durch Zäune, die nur mehr Geste waren. Und dann – war da ein Raum. Nicht als Gebäude. Sondern als **Lücke in der Struktur**. Ein Stück Boden, das anders war. Flach, aber nicht leer. Offen, aber nicht zufällig.

Er trat hinein.

Die Vögel verstummten.

Der Himmel zog sich leicht zu.

Die Luft hielt an.

Jorin blieb stehen. Schaute sich nicht um.

Denn sein Blick war nicht mehr wichtig.

Nur sein **Inneres Hören**.

Und da war es.

Ein Zittern. Ein Drücken. Ein Ja.

Der Ort.

Jetzt.

Kapitel 29
Die Setzung

Der Wind kam zurück, aber nicht wie zuvor. Er war weicher, dichter, fast warm. Er schob nicht, er bat. Als wolle er, dass Jorin nicht nur gehe, sondern **bleibe, um zu bezeugen**. Der Ort um ihn war still. Nicht leer – durchzogen. Jeder Grashalm stand aufrecht. Die Vögel in der Ferne hielten Abstand, nicht aus Furcht, sondern aus Achtung. Der Himmel hatte keine Farbe. Nur Tiefe. Und Jorin wusste: Es ist jetzt.

Er öffnete nicht die Hand, denn sie war bereits offen. Der Stein war nie darin gewesen, nicht physisch. Aber seine Form – sie hatte sich in ihn gezeichnet. Im Schulterblatt, unter der Haut, im Rücken. Und nun wanderte sie, durch ihn hindurch, nach unten, in den Boden, **in den Moment**.

Er kniete sich nicht nieder. Er beugte sich nicht. Er senkte nur den Blick – als verbeuge sich die Zeit selbst vor dem, was geschehen würde. Und dann tat er es: Er legte den Stein.

Niemand sah es. Kein Laut, kein Beben. Und doch war es spürbar – nicht als Handlung, sondern als **Wirkung**. In der Luft: ein Aufleuchten, das kein Licht brauchte. Unter den Füßen: ein Zittern, das nicht aus Tiefe kam, sondern aus Stille. Und über allem: eine Pause, die kein Ende kannte.

Der Stein war da. Oder war immer da gewesen. Vielleicht hatte Jorin ihn nur sichtbar gemacht. Vielleicht hatte er nur zugelassen, dass er sich legte – durch ihn hindurch, in das Muster, das alles durchzog.

Einatmen.

Ausatmen.

Die Welt hatte für einen Moment angehalten –
und war dann weitergegangen,

aber **anders**.

Er blieb stehen. Der Stein vor ihm. Klein, flach,
grau, nicht glänzend. Unauffällig. Aber der Boden
unter ihm war nicht mehr derselbe. Er war
weicher geworden. Oder fester. Auf jeden Fall:
aufgenommen.

Jorin drehte sich nicht um. Er wusste, dass hinter
ihm nichts wartete. Alles, was kommen musste,
war gekommen. Und alles, was folgen sollte, war
bereits auf dem Weg. Nicht zu ihm. Sondern **von
ihm ausgehend**.

Er trat zurück.

Drei Schritte.

Dann blieb er stehen.

Der Wind drehte sich einmal um ihn herum, wie
ein Dank. Dann war wieder Stille. Nicht leer. Nur:
erfüllt.

Er blickte zum Himmel. Da war nichts. Keine
Zeichen. Keine Bewegungen. Und doch spürte er,
dass dort oben jetzt etwas wusste, dass es getan
war. Dass jemand, irgendetwas, irgendwo gesagt
hatte:

„Jetzt beginnt es wirklich."

Kapitel 30
Die Rückkehr

Jorin ging langsam. Nicht aus Erschöpfung, sondern weil es keinen Grund mehr gab, schneller zu sein. Der Ort hinter ihm lag still. Er hatte ihn nicht abgeschlossen, nicht bedeckt, nicht gesichert. Denn er wusste: Was dort nun lag, war nicht mehr sein. Es war Teil der Welt geworden. Und die Welt wusste, wie man sich um Dinge kümmert, die still sind. Er ging durch einen leichten Nebel, der aus dem Boden zu steigen schien. Kein Wetterphänomen, sondern eine Geste. Die Luft war nicht mehr kühl. Sie war weich. Nicht mild, nicht warm, sondern einfach: einladend. Als hätte der Raum verstanden, dass etwas getan worden war und nun Ruhe zu geben hatte.

Er blickte nicht zurück. Nicht aus Trotz oder Abschied – sondern weil es nichts mehr gab, das hinter ihm lag. Alles war nun vor ihm. Nicht weil es neu war. Sondern weil es anders war. Selbst das Bekannte hatte sich verschoben. Nicht in Form. In Bedeutung.

Die Wege waren dieselben, aber sie trugen ihn anders. Als wüssten sie, dass er nun ein anderer war. Nicht sichtbar. Nicht neu. Aber verändert im Innersten. Er wusste nicht, ob ihn jemand gesehen hatte. Ob jemand wusste, was geschehen war. Doch er spürte in den Blicken der Vorübergehenden ein leichtes Zögern, einen Hauch von Respekt, der sich nicht aus sozialen Codes speiste, sondern aus dem leisen Wissen: Da geht einer, der in der Mitte war.

Als er die ersten Häuser wieder sah, die vertrauten Fassaden, die Wege, die zu seinem Viertel führten, dachte er für einen Moment, er hätte sich geirrt. Dass es nicht derselbe Ort war. Die Fensterläden standen offener. Die Farben wirkten satter. Ein kleiner Hund bellte nicht, als er vorbeiging – er setzte sich hin, legte den Kopf schief und senkte dann den Blick. Selbst der Asphalt schien weniger fest zu sein, als hätte er ein wenig von dem weichen Staub behalten, den Jorin bei der Setzung unter den Schuhen getragen hatte.

Die Tür seiner Wohnung war nicht verschlossen. Mira hatte sie angelehnt gelassen. Nicht aus Nachlässigkeit. Aus Vertrauen. Und weil sie wusste, dass er kommen würde. Oder weil sie spürte, dass er nicht mehr vor etwas geschützt werden musste. Jorin trat ein. Leise, nicht aus Rücksicht, sondern weil der Raum es so wollte. Er schloss die Tür nicht. Auch das war nicht nötig. Denn was sich hinter ihm befand, war kein Draußen mehr. Es war nur ein anderes Innen.

Mira saß nicht am Tisch. Sie lag. Auf dem Boden. Die Arme ausgestreckt. Die Augen geschlossen. Ihre Brust hob sich flach. Jorin blieb stehen. Sah sie lange an. Und dann spürte er es – sie war nicht bewusstlos. Nicht müde. Sie war im Begriff, sich zu sortieren. Wie ein Blatt, das sich nach dem Wind neu richtet. Ihre Anwesenheit war klar. Aber sie war nicht bei ihm. Noch nicht. Und das war in Ordnung.

Er trat an das Fenster. Die Steine lagen, wie sie lagen. Kein neuer war dazugekommen. Doch einer war verschwunden. Der flache, milchige, den sie beide nie benannt hatten. Jorin wunderte sich nicht. Er wusste, dass auch Steine gehen, wenn ihre Zeit gekommen ist. Vielleicht hatte er sich gelegt. Vielleicht war er Teil des Punktes geworden. Oder vielleicht war er in jemandes Tasche gewandert, in einer anderen Stadt, in einem anderen Raum.

Er kochte Wasser. Tat es in einer Art, die nicht mechanisch war, aber auch nicht rituell. Es war ein Vorgang. Ein Tun, das jetzt richtig war. Wie das Atmen. Wie das Sehen. Der Dampf stieg auf. Und im Licht, das durch das Fenster fiel, sah er eine Form. Eine Bewegung. Nicht bewusst, nicht absichtlich. Doch er spürte darin eine Wiederholung. Eine Erinnerung. Eine Linie, die von seiner Schulter ausging und sich durch das Licht wand.

Als Mira die Augen öffnete, war er noch nicht bei ihr. Sie richtete sich nicht auf. Aber sie war da. In ganzer Präsenz. Ihre Lippen bewegten sich nicht. Doch Jorin hörte sie. Nicht als Stimme. Als Zustimmung.

Er setzte sich. Nicht zu ihr. Sondern zu sich. In die Mitte des Raumes, dort, wo der Boden am klarsten war. Wo kein Schatten lag. Wo kein Fleck war. Und dort blieb er. Den Rücken gerade, die Hände auf den Knien. Nicht in Meditation. Nicht in Warten. In Anwesenheit.

Die Stunden vergingen. Oder auch nicht. Zeit war kein Maß mehr. Es gab nur: Davor. Dazwischen. Und: Jetzt.

Einmal klingelte es. Niemand stand an der Tür. Aber vor ihr lag ein Zettel. Ein Kinderschuh. Und eine getrocknete Blüte. Sie sagten nichts. Aber sie antworteten.

Draußen begann es leicht zu regnen. Kein Wasser. Ein Flimmern. Die Tropfen hinterließen keine Nässe. Aber jeder von ihnen schien eine kleine Erschütterung im Raum zu hinterlassen. Als würde sich das Muster weiter ausdehnen. Und Jorin wusste: Das war nicht sein Werk. Es war nur der Weg des Steins, der sich fortsetzte. Durch Wasser. Durch Luft. Durch Tun.

Am Abend lagen sie nebeneinander. Auf dem Boden. Keine Berührung. Aber eine Gleichzeitigkeit. Ein gemeinsames Pulsieren. Sie sprachen nicht darüber, was er getan hatte. Nicht, weil es nicht bedeutend war. Sondern weil es sich nicht erklären ließ, ohne es zu zerstören.

In der Nacht träumte Jorin zum ersten Mal nicht. Nicht im Sinne von: leer. Sondern im Sinne von: keine Bilder, keine Symbole – nur Klarheit. Wie ein Licht, das in alle Richtungen gleich stark scheint. Er wachte auf. Und wusste: Jetzt ist er zurück.

Aber er war nicht derselbe.

Und die Welt war es auch nicht.

Und das war gut.